在美好的食光里记住爱

小云猫猫 著

Beijing United Publishing Co.,Ltd.

北京联合出版公司

图书在版编目（ＣＩＰ）数据

在美好的食光里记住爱 / 小云猫猫著 . —北京：北京联合出版公司，2016.6（2023.1 重印）

ISBN 978-7-5502-7614-7

I.①在… II.①小… III.①随笔－作品集－中国－当代 IV.① I267.1

中国版本图书馆 CIP 数据核字 (2016) 第 082668 号

在美好的食光里记住爱

作　　者：小云猫猫
出 品 人：赵红仕
责任编辑：刘京华　夏应鹏
封面设计：赵银翠

北京联合出版公司出版
（北京市西城区德外大街83号楼9层 100088）
北京新华先锋出版科技有限公司发行
大厂回族自治县德诚印务有限公司印刷　新华书店经销
字数120千字　620毫米×889毫米　1/16　13印张
2016年6月第1版　2023年1月第2次印刷
ISBN　978-7-5502-7614-7
定价：49.00元

目 录
CONTENTS

姑 娘 ， 吃 点 甜 吧

　　闺密是个身段儿好脾气也好的女孩儿，长头发，说话细声细气，会做各种手工。读书那会儿流行用圆珠笔芯和废纸卷笔，她做的笔耐写又好看。她任何时候都收拾得妥妥帖帖，书本永远平整，不打卷边，课桌总收得干干净净。最羡慕的是，她特别爱吃甜，过生日大家一哄而上各自吃着蛋糕，她在一旁叫唤："你们谁要是吃不下奶油，统统都给我。"有人说："哎呀，哪有女生不吃奶油的？"只有我，犹犹豫豫地走过去，"来来来，我的给你。"这时候会有人诧异，"呵，还真有人不吃奶油呢。"

　　打小我就不爱吃甜。最多尝尝小时候才有的用粉色纸包裹着的水果糖，一毛钱一颗，一抓黏一手的那种。渐大，几乎与甜绝缘，一年中肯吃甜的次数十个手指头数得清。总觉得甜味太单一，即使有薄荷味、草莓味、抹茶味，但底味还是甜，发腻，发齁。牙齿像被黏住一样，迷糊糊，汗津津的。大约也是从那时候起，觉得自己似乎缺乏那么一点点女生特质。

女生，尤其是柔和苗条、细眉细眼、肤白貌美的女生，就该爱吃甜。白的、粉的、各色奶油巧克力慕斯，又养眼又昂贵的甜点，配上有好看拉花的咖啡，外加青葱玉指，气氛就出来了。朱莉白天在格子间受气，晚上回到家用蛋黄、巧克力混合糖和奶找寻安慰；李秀景每次被欺负都会恶狠狠地撕开巧克力棒的包装纸，再恶狠狠地咔嚓咬掉半截；赫本在西班牙广场上，捧着冰激凌，一脸纯真甜蜜，成为永远的经典。不少女生专程带着自拍杆、赫本专款衬衫，

还有冰激凌模型去还原现场。假如把冰激凌模型换成肉夹馍或驴肉火烧、煎饼果子，就算赫本再世，只怕女神瞬间变女汉子了。

甜点对女生来说，是缓和剂，是镇定剂，是可靠的肩膀，是抚慰，更是爱。不然怎么会说"爱她，就请她吃哈根达斯"呢？所以，海藻也只会对着橱窗里五颜六色的冰激凌出神，换成卤煮大肠试试看。想想也是，那些难过了或者是开心了，一块甜点就能让她破涕为笑，幸福感爆棚的姑娘们，确实有几分可爱呢。尤其是恋爱伊始的男主，更乐意挽着美人，走进香氛荡漾的甜品店，看着她启朱唇，露皓齿，微抿小口，姿势优雅地吃完小盒蛋糕。而不是撸着袖子，跷着二郎腿，在夜市摊子上吆五喝六。

小资代表人张爱玲有她的御用点心——云片糕，做梦都在吃。不过"吃着吃着却变成了纸，除了涩，还感到一种难堪的怅惘"。云片糕，连名字都这么美，连惆怅也这么美。《红楼梦》里的甜点也是数不胜数，桂花糖蒸新栗粉糕、藕粉桂花糖糕、枣泥山药糕、糖蒸酥酪，还有如意糕、杏仁茶，只看一排儿的名字就够了，"头顶心儿都是甜的"。就像与甜有关的任何一个词语一样，甜言蜜语、甜丝丝、甜美、清甜、甘甜、甜润、甜津津，哪一个不透着软绵绵的幸福感。就像美好单纯的姑娘一样，光是"姑娘"两个字，就有无限爱意。

可是怎么办呢？对于我这种对甜天生无感的人（我都不好意思

用"女生"这个词了），去哪里找寻与甜有关的幸福感呢？偶尔心血来潮，阳台天色好，窗台花香浓，有风过，想着酌点小酒，来块甜点定是极好。穿衣下楼，挑最貌美的糕点带回家，结果往往是拍几张照片，最多吃两三口，然后不了了之。简直就是暴殄天物。随即打开冰箱门，就着"黄飞鸿"花生能喝完剩下的二两酒。只是前后两样食物带来的气场完全不一样了，一个是小资女青年，一个是江湖女悍匪。

刚恋爱那会儿，还是很矜持的。男友送我巧克力，表现得惊喜不已。又直又憨的理科男误以为这惊喜是缘于我对巧克力的喜爱。结果每年情人节、七夕，都会送大盒巧克力。隔段时间还不忘问巧克力吃完了吗。敷衍几次之后不好再演下去，只好如实相告："我不爱吃甜。"只是可惜了那些没有死得其所的巧克力们，没有发挥到它们甜蜜的功效。

于我而言，再美味的甜抵不过酱爆红肠，再美味的糕点不如炒饭一碗。当我在一个人面前，能不用刻意吃甜来展现女生特质，愿意穿着沙滩裤，趿着拖鞋，陪他啃鸡爪、吃烤串儿，也是一种甜呢。

◆ 冰激凌

滋味肥肠

　　哥们儿请吃饭，说只要菜单上有的，随便点。我毫不客气地点了一锅红烧肥肠。他笑："嘿，你还真没把我当外人。"也是，能在异性面前面不改色心不跳地大口嚼着肥肠的，要么是没把对方当外人，要么是没把自己当女人。

　　有一朋友的熟人，重庆妹子，生得肤白貌美，长腿细腰，初来本地时，仰慕者众多。可那些男士在与之共进晚餐，听她吆喝"来碗红烧肥肠，多放辣椒多放花椒"后，大多便遁形无影。妹子仰天长叹，知音难觅，知己难求。

　　猪大肠上不得台面，不雅，不洁，是"猪下水"联盟中的头牌。这在早年读《儒林外史》的时候就能明白个七八分。范进刚中了生员回家，老丈人胡屠户拎着大肠和酒来道贺。先是一顿骂："可怜女儿自从进了你家门，这几十年，不知猪油可曾吃过两三回？"等到乡试放榜，范进高中了举人之后，胡屠户来道贺，就隆重得多，换上七八斤肉，四五千钱。

但不知何故，我内心时常惦记那煮得软糯的肠子，烫得温热的酒，破败的房内，腾腾水汽里是扑面而来的大肠气味，老丈人骂骂咧咧，嚼一口肥肠，抿一口酒，喝得鼻歪口斜。这该是个什么味道，才叫他一腔怨气都能"吃到日西时分，醉醺醺，横披了衣服，腆肚而去"。

肥肠，猪大肠。中国的文字很有意思，有味道，有形状，有气息。猪、大、肠，单这仨字凑一块儿，给人感官的第一体验就是：肥、腻、腥、臊。臃肿的软体动物似的卷形，各种肥厚的油脂堆在一块儿，散发着恶臭，黏黏糊糊，沾在手上洗不掉，化不开，可偏偏就有人对此甘之如饴，趋之若鹜。

做肥肠，最恼火的是清洗工作。入冬后农村里的杀猪佬就忙了起来，家家户户要宰猪，吃年猪饭。主人给前来帮忙的近邻分派任务，多会让做事讲究的那一个担任洗肥肠的工作。"你过细些"，我爹就很会做这项工作。两个人一起搭档，肠子的一端用细绳或者粽叶系牢，另一端由一人掌住，另一人提一壶温水，从掌住的肠子口灌进去，边灌边往外倒，肠子里的秽物一截截被清理出来，如此反复三四次，等到肠内无异物之后，用筷子头抵住系紧的那端，把肠子整个翻过来，在烫过猪毛的水里过一遍。

从前的冬天下雪多，且厚，傍晚落雪，第二天推门一看，有及膝深的雪并不是罕事。翻过来的大肠丢进雪堆里，爹穿着胶靴一脚一脚踩上去，白雪瞬间被染成黄色。再换一处干净的地方，接着踩，如此五六遍。小时候我不太喜欢这个程序，好好的雪都被恶心的大肠糟蹋了，总会忍不住朝爹嚷嚷："恶心死了。"爹脚不住地踩，头也不抬，说："你吃肠子的时候别说恶心咧。"

最近些年，能过夜的雪越来越少，在雪里踩肠子的场景就很久没见过了。我妈找到了另外的清洗方法。温水加盐，死命揉搓两遍。再倒上两勺菜籽油，干搓。直到肠子发白，不再滑腻的时候，加纯碱，洗上三到四遍。洗到爹在一旁唠叨，"肠子的精华都被你洗没了。"说来奇怪，肥肠无论怎么洗，总有一股说不清道不明的气味，大约叫"脏（四声）气"，爱的人嗜之为宝，且认为越是脏气浓郁的肥肠，越是地道过瘾，"不然吃个什么肥肠呢。"

除了烧、煮、卤之外，我妈还有两种做肥肠的方法，是迄今为止我觉得无人能超越的。当然，这不排除天下所有儿女对妈妈做的食物的偏袒和厚爱。洗干净后的新鲜肥肠煮熟，晾干水汽，抹盐腌渍，再放上炕架熏。炕架是土家族专门用来熏制腊肉的工具。下方烧起火堆，松树枝、柏树枝噼里啪啦燃一个冬天，白色呛人的烟缠绕着升起、飘散，架子上的肉就成了熏腊肉。炕架的最中心往往被猪头、猪蹄这些经得起熏的部分占据，猪大肠、小肠则在边缘地段，同心、肺等其他下水一起，像不被待见的继子，很难受到重视。只有等到来年，炕架上的肉渐渐少了，这才被人想起。

大概三四月的样子，很多春季时令菜出来，就该肥肠大显身手了。苣马菜叶洗净切细，揉出青水，备用。豌豆和蚕豆少量。土豆切小块。取半截肥肠泡发，洗净，切极细的圆圈。这些备料同玉米粉拌匀，加盐、葱姜蒜等作料调味，上屉笼蒸，就是春天好吃的蒸菜。豆子们的清香、土豆块的软糯，再加肥肠的油脂香味，任何配菜都不用，就可以吃上两大碗。

还有一道，是非常简单的小食，方言叫"炸肠子泡泡（一声）"。自我长大后，我们家的肥肠几乎都是这么被我当零嘴儿吃掉的。熏干后的肥肠泡发，洗净，切细圈圈，像炼猪板油那样，熬出肠子里的油脂，等到肠面焦黄，一咬脆蹦蹦的时候，关火，漏勺沥干，撒少量盐、花椒粉、辣椒粉拌匀，空口开吃。一整副大肠切好后有一大筲箕，我妈从洗到切，几乎要一整个下午的时间，手腕都切得发酸，炸成"泡泡"后，只有差不多大半碗。逼出油之后的肥肠泡泡，一点都不油腻，脏气几乎挥发殆尽，椒麻香、盐粒的咸香、肥肠咀嚼后的绵长余香夹杂在一起，是最佳看书伴侣、沙发伴侣，陪我度过了无数个悠长满足的夜晚。每年我家除了自己年猪身上的肥肠之外，还得从别家买好几副过来，以满足各种不同的烹制需求。

　　直到年初单位组织体检，我小小个子，丝毫未见丰腴的身材，居然被白纸黑字写上了"高胆固醇血症"，当医生的姐姐看了报告单后勒令我，以后少吃肥肠少吃肝脏下水之流。我正式下定决心要跟肥肠说再见。我妈知道后有点幸灾乐祸："哎哟，那家里那么多肥肠以后可怎么办咯，只能麻烦我自己吃了。"忘了说，她也是肥肠的资深拥趸。

　　现在，我只能对着若干肥肠的图片和菜单望梅止渴，只等下次体检正常后再卷土重来。但是有一件事始终让我无法释怀，如此尤物，为什么《随园食单》里不见对肥肠做法的记载。作为一部系统论述烹饪技术和南北菜点的著作，实在有失偏颇。难怪汪曾祺说袁枚顶多算个帮闲文人，其中许多菜的做法是听来的，"自己并不会做菜"。

◆ 滋味肥肠

傲娇蒜头

面对大蒜，我有点儿背叛者的愧疚跟不屑。人的感情实在难以捉摸，也无法掌控，曾经那么爱，如今却是想想都觉得够了。无非是因为有一次吃了一碗加大量蒜水的凉皮，之后坐了一趟车，吐了，还未消化的大蒜的味道从胃里喷涌而出，经过鼻子、嘴，再散发出来，任我拼命刷牙漱口也无济于事，一整天连脑门儿都是大蒜的味道。从此我便跟大蒜分道扬镳了。

老公单位有个少年，高瘦白，话不多，喜欢动漫，平时爱玩单反，听"蓝调"，老穿白衬衫。我以为他会是钟爱甜点法棍或西餐红酒这类西式餐点的潮人。结果有次一起去一个农家乐吃饭，菜还没上齐，他默默走到厨房跟老板要了一整头大蒜，剥掉蒜衣，揭掉透明薄膜，一个个摆在桌上。老公告诉我，他每顿饭都离不开大蒜，生吃，就米饭和菜，一口饭一口蒜，一口蒜一口菜。他剥大蒜的手指可真好看，长，细，有明显突出的骨节，好看到我有点恍惚，哦，这真是一双每天要剥几头大蒜的手吗？也是，谁规定只有膀大腰圆的北方汉子才能嚼大葱，吃生蒜。南方的白面书生照样没问题。

小时候姐姐们跟我玩猜谜语，"兄弟七八个，围着柱子坐，大家一分手，衣服全扯破"，刚开始会猜核桃、辣椒等乱七八糟的东西，知道是大蒜后，再玩只要一听前两句，就立马说出答案，玩多了觉得索然无味。拿到学校去考其他小伙伴，能难住不少人，颇为自豪，着实威风了好几天。

我曾经对蒜爱到什么程度呢，虽然不能跟前面的白衣少年相比，但也能数出个一二三来。吃火锅，蒜泥绝对占到调味碟总量的四分之三有余。吃烧烤，蒜蓉花甲、蒜蓉扇贝等各种蒜蓉菜必点，自己在家炒菜，大蒜必放。油焖大虾里，我对已经炒软的整个蒜瓣的青睐频率远高于虾。蒜蓉炒苋菜、空心菜、小白菜永远是心头好。腊肉丁、青椒丁和大量蒜瓣拍扁，剁成细末，炒成臊子，拌面条我可以吃两碗，而且长期只钟爱这一款。泡菜坛子里的腌蒜，就算吃得鼻子有刺痛感，眼泪直流，还是停不下嘴……这么说吧，除了生吃大蒜有点儿怵以外，其他吃法都不在话下。

有一次跟好友约了去吃番茄鱼，从城市东头一直到西头，坐了接近两个小时的公交，等到了传说中最正宗的那家店，才发现大门紧闭：老家有事，歇业一周。旁边一家也写着番茄鱼的店主人，笑盈盈地招呼我们："来我店里试试啦，我们也不错的。"

老板端上来一个比脸盆还大的锅子，红红黄黄的一锅，看起来很诱人。当然，我没有吃到令人惊艳的番茄鱼，但我却吃到了至今让我念念不忘的炸大蒜。大小不一形状各异的蒜块、蒜末、蒜瓣，浅浅的一层，覆盖在最上方，黄而未焦，脆不失香。嚼起来有很轻微的黏牙感。大块头蒜香浓郁，小末末则含蓄委婉得多，拿漏勺舀起来拌饭，实在销魂。我问老板，加了什么秘方没。答，没呀，就用菜籽油炸的。最后想起什么似的补了一句："哦，我用的是独头的紫皮蒜。"打那以后，我做菜也只用独头紫皮蒜。

诸葛亮深谙大蒜的妙处，因曾受高人指点，说有一种仙草为韭叶芸香，"口含一叶，瘴气不染"，韭叶芸香就是大蒜。大蒜每株九片叶子，故名九叶芸香。听起来仙气十足，跟吃过大蒜之后口腔里长久残留的气味倒是有略微出入。尤其是在公众场合，满嘴大蒜味确实让人很尴尬，就像肥肠、脑花之流，再美味，名字总是不如香菇菜心这么讨人喜欢。连娱乐记者们都写——闫妮曝胡歌私下不"文艺"：他也吃大蒜口味重。

可是大蒜才不管这些，它以独特的味道和功效，稳坐调料界霸主交椅。《本草纲目》中，大蒜可以"除风邪，杀毒气"，谚语"饿不死卖蒜的，饿死卖姜的"，说的是大蒜不仅仅是"佐料"，还可当主食，煮熟了能抵饿管饱。在古埃及，大蒜是用来给工人维持体力的神物。最傲娇的德国人，称大蒜为"最天然的抗生素"，大蒜面包、大蒜蜂蜜、蒜头比萨、大蒜奶酪火锅，可以顿顿不离蒜。

农村里几乎家家户户都自己种植大蒜。"七葱八蒜"，说的是七月"返葱"，八月"苗蒜"。葱只需要从地里拔出来，重新在原地栽上就行，所以是"返葱"。蒜要一个个剥成独立的蒜瓣，保留蒜衣，头朝上，间距十五厘米左右，一瓣瓣排成行，上肥，掩土，发芽之后就成了整齐的一排排小苗，所以是"苗蒜"。我妈除了八月会苗蒜外，冬天吃不完的小蒜瓣，也会苗起来。

找个稍微暖和的天气，随便在房前屋后扒拉出一块空地，整平，一个个摆开蒜头，可以不成行，无间距，掩上土即可。就在我们快要忘记这些蒜头们的时候，突然有一天，星星点点的绿色冒了出来，再过几日，密密麻麻的蒜苗长出来了。这在肃杀毫无生机的冬天，是非常宝贵的。

腊月里难得见绿叶青菜，炒一盘腊肉蒜苗，蒜苗比腊肉好吃。咕噜咕噜的火锅里，撒一把切成小粒的蒜苗，香气四溢，色味俱佳。大年三十的饺子，也少不了蒜苗。外面白雪覆盖，只有发黄的蒜苗叶尖露在外面。得拿锄头才能挖起来。这时候的大蒜，有蒜头、根须、蒜黄、蒜青，吃起来又划算又美味。我妈每次都叮嘱，根须都是香的，洗干净了照样能吃。加了蒜苗的饺子，香过只加白蒜头的。

单是颜色上就胜一筹，有白有绿有黄。

李渔好像不太待见大蒜，《闲情偶寄》里写："葱、蒜、韭尽识其臭"，还口口声声"蒜则永禁弗食"，莫名其妙地说终生不吃蒜的人是有操守的人。不怪李渔，大蒜就是这么任性，让爱的人爱得彻底，恨的人退避三舍，不暧昧，不将就，不拖泥带水。你最多毫无办法地对着它说一句："蒜，你狠。"

对了，作为一个大蒜曾经的情人，温馨提示，吃完大蒜嚼点干茶叶，能大大减少让你担心的口气。

◆ 傲娇蒜头

野 菌 子

要说菌子，黄庭坚是毫不吝啬其溢美之词："惊雷菌子出万钉，白鹅截掌鳖解甲。"每年夏天到来，几声惊雷，一夜大雨，就到了吃菌子的时候。

周末回家途中，兜兜转转的盘山公路间，不时有集镇、村庄出现。大片大片的绿色里，隐约是一幢幢楼房。再拐几个弯儿，宽阔的马路牙子上，有戴草帽的大伯大娘，坐在小板凳上，前面放着竹篮，或是塑料筐，卖从山上采来的野菌子。奶浆菌、鸡油菌、绿豆菌……各色菌子分堆成团地抱在一起，顶着可怜巴巴的小帽子，夹带些枯叶，菌柄上还有苔藓。大伯大娘们可骄傲着呢，不爱跟人讨价还价，你爱买不买。因为这些年，野生的菌子越来越难采，买的人却越来越多。任何东西，一旦供不应求，就俏起来了。

　　小的时候放暑假，最期待的就是做完作业，被批准可以上山采菌子。一般选在大雨过后的早晨，沿着屋后的竹林往里走，就到了自家林子。树林里多杉树和松树，地平，少杂草，有厚厚的苔藓和腐叶，踩上去软乎乎的。拿小树枝探路一样，轻轻拨开叶子，会看见一丛丛奶浆菌。这种菌子最好识别，暗红色，掐一块菌面，白色的浆液喷涌而出。手上的浆汁如果不立马擦干，过会儿就会变黑。奶浆菌很讨喜，脆而不绵，有嚼头，且历史久，辨识度最高，吃的人多，最安全。用我妈的话说，我爹惜命，最怕被野菌子毒死，但奶浆菌他还是敢吃。

　　相比之下，其他菌子显得有点不太正统，吃起来总有些战战兢兢。绿豆菌是其中之一。它们最大的特点在于帽子上有绿色的、跟花菇相似的纹路，个儿大，菌盖肥厚。水煮过后绿色消失，呈白色，有点像有毒的白浆菌。入口叫人不大放心。还有一种红色的花栎树（音）菌，其实就是红菇，看着很美，亮红亮红。老人们都说能吃，但每次都被我妈勒令丢掉："越是貌美的菌子，越有毒。"这话听着真让人为五彩缤纷的菌子们难过。

　　邻居姐姐的娘家在更远的山上，据说有很大的山林。每到夏天，那边的亲戚会送来很多奶浆菌，用背篓背着，眼红死人。姐姐往往会送一些给我们，其余的用扁箩晒起来。太阳很烈的时候，就见她挺直了背在晒场上给菌子们翻身。那会儿特别眼馋她有个远山深处的亲戚。

　　采回的菌子细心择去杂叶、松针和烂掉的部分。采菌子的时候，有种缺乏理智的冲动，只要看见菌子，不管好坏大小，统统收入囊中。战果看似丰厚，回来细心择后，能吃的少得可怜。我妈比较聪明，菌柄软塌塌的，菌褶有虫子的，一概不要。刚钻出土的小菌子，也留下来。她说采菌子切忌斩草除根，不然以后没得吃。

　　用活水将菌子冲洗干净。大火烧沸水，菌子焯水。蔬菜放沸水里煮熟再捞起，这过程又叫"汩"。老人们传讲下来，汩菌子的时候，剥几瓣大蒜放进去同煮，如果蒜瓣变绿，证明菌子有毒，如果蒜瓣雪白依旧，则可放心食用。每年到吃菌子的时候，总会听说哪里有人吃菌子中毒了，难道他们没用蒜瓣试一试吗？所以对这个办法的真实性，我是有点怀疑的。好早的时候，看叶倾城的短篇小说《腐尸》，她做了菌子豆腐汤等他回来，直到夜深人静，也没等到他回来。那会儿我就恨恨地想，真应该是白浆菌，或是任何一种毒菌子才好。

野生菌子的魅力很大程度上还真取决于它的毒性，或者说是不确定性，有"冒死吃河豚"的惊险在里面。尤其是像我爹这种怕死的人，又想吃，又怕出事，犹疑之间吃一筷子，味蕾留下的感觉格外清晰。

汩好的菌子过凉水，沥干。土青椒切大块。我妈年轻时嗜辣，都用朝天椒。大量姜蒜拍碎。大火烧上好的菜籽油，待油快冒青烟的时候，所有东西倒进锅里，猛火炒一分来钟，青椒变翠绿的时候，加盐、花椒粉调味，起锅。整个过程一气呵成，菌子保存原味，辣椒味刚好激出，奶浆菌干身爽快，能保持完好的形状。绿豆菌则没个好卖相，跟牛鼻涕似的，滑滑腻腻的一团，吃起来倒是香软十足。一口刚焖的米饭，一口山野气息浓厚的菌子，再加上朝天椒的火辣，一顿饭吃得涕泪交加。难怪《吕氏春秋》里说菌子是人间至味："味之美者，越骆之菌。"

常吃的野菌子中，我最爱的是鸡油菌。颜色跟鸡油一模一样，金灿灿的，水汩后不褪色。菌柄有好看的弧度，像淑女的腰身。沿菌盖撕开，像极了鸡胸肉，丝丝分明。吃起来似乎真能吃出鸡肉的味道。除了爆炒，鸡油菌做汤好看又美味。白色骨瓷碗里，一点葱花，一朵鸡油菌，嘿，立马从彪悍野味跻身小清新下午茶之列。不过汪老在《昆明的雨》中泼了鸡油菌一瓢冷水，说它"中看不中吃"，"只能做菜时配色用，没甚味道"。哼，他不懂鸡油菌的美。

我家有块田，叫水田湾，田埂下是附近一户居民的竹林，交界处是足有一米宽的长方空地。每到盛夏接近入伏的时候，扒开草丛，会有好多竹荪，神似戴着小乌礼帽、身穿白纱网格裙子的小姑娘，神气活现地抬头仰面。所以她还有个好听的名字："雪裙仙子"、又有"山珍之花""菌中皇后"的美称，自古就列位"草八珍"之一。焯过的竹荪在鸡汤中涮食，爽口脆嫩。跟豆腐同煮，香甜鲜美，不可方物。清代《素食说略》评价说："清脆腴美，得未曾有。"

最近几年回家少，吃野菌子的机会也少了。记忆中，上山露水湿了裤腿，下山除了一身野露清香，还有一篮子山中野味，于眼目口舌，都是一大妙事。

◆ 野菌子

炸 小 鱼

有一年冬天，很冷，我在二姐的出租屋里住过一段时间。屋子小，但干净。放着电暖器，外面架起小木桌，罩着厚厚的布帘子。帘子的四面垂下来，将电暖器围起来，温度"噜噜"往上涨，桌面不一会儿就热乎了。

中午时候，电磁炉煮起小锅，腊肉炖小鱼，再蒸两只鸡蛋、几个土豆，吃完，房间的玻璃窗上腾起白蒙蒙的雾气。腊肉是家里自己烟熏的土猪腊肉，小鱼一定要是很早很早起来，买路边村民从河里打起来的刁子鱼。

刁子鱼，学名翘嘴鲌。不过在湖北，几乎没人叫这个拗口又有点文雅的名字，刁子鱼，好听好记，透着一股野生鱼的野气和霸道，不少餐馆里有道"香煎大白刁"，说的就是它。也有地方直接叫白鱼，杜甫盛赞"白鱼如玉"，说的也是它。

冬天的早晨，周边白雾蒙蒙。好些个大叔婶娘用竹篮装了刁子鱼在街边售卖。他们大都沉默而冷静，不吆喝不叫卖，甚至连眼神都懒得交流一下，只是偶尔跟旁边的同行不咸不淡、毫无表情地搭几句话，像彼时的温度，有一种稳当的冷。有人过去询问，干干脆脆一口价，"不能再便宜，你爱买不买"，很是傲娇。我第一次买刁子鱼，就闹了笑话。装作很内行地在一个大爷的篮子前问这问那，压价时指着篮子里白花花的小鱼说："你看，鱼都是死的，还卖这么贵。"大爷瞥了我一眼："丫头，你找个卖活刁子鱼的给我看看。这鱼金贵，离水即死。"说完从鼻子里发出一声轻笑，窘得我满脸通红，哑口无言。二姐过来救场，赶紧掏钱买了两斤火速离开。

讨了尴尬也掩盖不了鱼又新鲜又干净的事实。开膛破肚，腹部粉嫩，不见像其他鱼腹两边有黑膜。掏去肠子，用黄酒腌十来分钟。别放盐，盐会吸去鱼的水分，就不鲜了。漏网沥干小鱼，今年刚压榨出来的菜籽油烧热了，将小鱼一条条放进锅里，煎炸至两面微黄时捞起。

花椒粉和盐，喜辣的加点辣椒面儿，配成作料，拿小鱼蘸了吃，是最简单、最原味的吃法。只有最上品、最优质的鱼才经得起这种吃法。鱼香满口，回味无穷。电影《小森林·夏秋》里，市子跟伙伴在郊外烤的那条鱼也是如此，烤到油滋滋往外冒，滴在火架子里，腾地蹿起老高的火苗。细白的手指捏几粒细白的盐，撒在四开五裂的鱼身上，光是看袅袅烟气就让人涎水千尺。

再有，放姜丝、蒜瓣、大量干花椒粒，爆香。干红椒、葱白切段，同小鱼一起炒，出锅前撒盐。拌上拍碎的脆花生，就是麻香刁子鱼。五花腊肉切小块，水煮，煮到肉色透明，用筷子一插到底的时候，加小鱼，盖锅盖煮沸即可。腊肉本身有咸味，可不加盐。冬天的蒜苗已经出了土，直接手掐几截丢进锅里，绿莹莹的色彩顿时亮了眼。浓烈的蒜苗香带着清新的植物气息霎时抓住味蕾，吸收了部分油脂，腊肉变得油而不腻，鱼肉也变得醇厚柔软。此时的鱼香来得不那么直截了当，要咂摸着多嚼一会儿，才能体味出来。

食物是可以代表一个人的。沈从文在《三三》里写，三三在父亲去世后，"吃米饭同青菜、小鱼、鸡蛋过日子，生活毫无什么不同处。"这几行字伙同活蹦乱跳的小鱼，一直在我眼前晃来晃去。三三的清冽像极了白鱼，淳朴自然，有十足的乡野味道。

食物还带有特定的场景。豆苗是春天无边无际的绿色，带着嫩黄的那种绿，叫你看了会心生无限希望。青番茄是夏天，跟火红的朝天椒同炒，配着微凉的白粥，在天边大片晚霞的笼罩下，慢悠悠滑进胃里，酸辣酷爽。南瓜粥，秋夜凉如水，热乎甘甜的一碗粥下肚，撩开帘子，才发现四周全是暖黄色的、带着幸福的灯光。炸小鱼，则必须是在冬天，白色的雾里有几个人影，篾编的竹篮盛着银白的、长得像柳条一样精致的小鱼，在油锅里炸出金黄，复而在汤锅里翻滚，氤氲香气足以温暖漫长寒冬。

◆ 炸小鱼

萝卜，不哭

农谚里说，头伏萝卜二伏菜。每年夏季挖完地里的土豆，我妈就会撒上头年留下来的萝卜籽，耙平田垄，只等一阵雨后，两瓣嫩芽的萝卜苗就会钻出来。长到两三叶的时候，撒些肥料，噌噌不过几天时间，田地里黝黑的土壤就被绿油油的萝卜菜覆盖住了。

嫩嫩的萝卜苗掐去根须，过水洗净，筛子沥干，再焯水，用蒜子、生抽、香油搅一搅，凉拌着吃，清新爽口，还利于降血压。见到菜市场小把小把扎得齐齐整整的萝卜苗，还卖两三块钱一把，我妈很不解："城里人也真是没得吃了，在农村，萝卜菜和萝卜都是用来喂猪的，人哪里会吃哦。"晚上，我不声不响洗了一小捆，片了嫩豆腐，剥了鲜虾仁，同萝卜苗一起打个汤。她几乎没吃出来是什么菜，得知是萝卜苗后很有些不屑："你这种做法，又是豆腐又是虾，就是猪草也好吃了。"萝卜苗做汤我极爱，胜过豌豆尖儿。豌豆尖太娇贵，易柴。萝卜苗只要摘下来的时候是嫩的，装保鲜袋放冰箱里，隔天拿出来还是水灵灵。用我妈的话说，天生命贱，好伺候。

小时候最怕冬天拔萝卜。萝卜个儿大，往地里扎得深，使了蛮力双手握住萝卜缨子往外拔，缨子断了萝卜也未见动弹，搞不好还一屁股坐到地上去。大人拔起来要轻松很多，粗大的手掌呼啦啦扫过去，一扯一个，胡乱揩去表面的泥巴，随手丢在一边，再装车拉回家。拉回去的萝卜进不了房间，房间太暖和了容易烂。屋后的空地上堆成堆，盖一层塑料薄膜挡雨遮雪，一车子萝卜可以让家里牲畜安稳过个冬天。只是在极偶尔的时候，吃多了腊月里的大鱼大肉，要么额头冒痘，要么口里上火，才想起从萝卜堆里挑上几个，做来解解腻。

大白萝卜生吃有天然的辣味，略微刺鼻。如果是晚种的萝卜，生吃味道更好。水分足，无渣，吃后下火利于消化，"萝卜赛梨"就是这么来的。煮过腊猪头的汤，又油又咸，搞不好还有臭味，但倒掉实在可惜。萝卜挑个大的洗净，切大块儿，放汤里煨煮半个小时左右，待到萝卜透明，筷子头可以轻易穿透的时候，吃起来最适口。猪头汤煮萝卜不能吃剩，现吃现煮才好，因为久煮的萝卜会"糖"，失了本身的清爽。据我妈说，我爹每年冬天至少会吃掉七八个大白萝卜。爹属羊，腊月出生，我妈就老念叨，冬天的羊命苦，没得青草吃，跟萝卜一样贱命，所以才爱吃萝卜。

《本草纲目》里，萝卜有不少好听且优雅的名字——"莱菔"、"紫花菘"、"温菘"，多达十四种医用功效算是为萝卜的贱命正了名。历史上有个例子，见于李廷飞的《延寿书》：李师逃难入石窟中，贼以烟熏之，垂死，摸得萝卜菜一束，嚼汁咽下即苏。如今唾手可得的萝卜，曾是救人性命的灵丹妙药呢。

东北有道家常小菜，叫小豆腐。其实跟豆腐无关，掰下的萝卜缨洗净，焯水出锅，在菜板上剁碎剁细，用手攥去菜里的水分。凉水浸泡过一夜的黄豆，磨成豆末子。锅中菜籽油烧热，放姜蒜爆香，加入萝卜缨煸炒，同高汤、调料等烧开。豆末均匀地铺在萝卜缨上，盖锅盖，小火焖炖透至熟，连汤盛盘。"萝卜青青豆豆白，一家围坐吃起来。"焯过水的萝卜缨子少了腥辣，多了脆嫩，其他叶菜都替代不了那股子柔和里带着的刚劲儿。遗憾的是，作为主角的萝卜脸面都没能露上一个，着实有点委屈了它。后来这道菜进了高级酒店，有了个非常阳春白雪的名字"珍珠翡翠白玉汤"，这样一来，不管是豆腐还是萝卜，都没了名分，萝卜若盘中有知，应该会好受些吧。

在咱宜昌，有味小吃不得不提，萝卜饺子。萝卜饺子虽然也叫饺子，但一个油炸，一个水煮，制作方法跟北方水饺大相径庭。将萝卜擦丝，拌上盐、辣椒面、花椒粉、葱姜蒜等调料，腌渍片刻。接下来调浆，面粉加水调成稀糊状，放少少盐。炸萝卜饺子的工具很特殊，由两片圆弧形的铁片夹成，约45度角，似弯月形的小勺子。先在特制的"弯月"中放入底浆，再放上拌好的萝卜丝做馅儿，盖上浆，连同小铲子一起放入油锅中炸，一两分钟后饺子脱离了模具，便可把模具取出，继续炸饺子。记着要文火，否则外面炸煳，里面还不熟。等饺子呈现出金黄色时，里面的萝卜也熟透了，捞起放在漏勺里沥一会儿油。

每到秋末，萝卜饺子便会被摆上街头。很少有店面专做这个生意，大都是附近的农妇，自备家伙什，自备原料，购些面粉，地里拔几棵萝卜，自家种的葱蒜，成本很小。前些年每个萝卜饺子才卖一块五毛钱吧，去年已经卖到三块了。尽管街头巷尾灰尘大，小摊无牌无照，什么卫生许可证、检验证更是谈都不用谈，但来买的人还是排起长队，其受欢迎程度绝对不亚于大铁皮炉子烤出来的喷香的红薯。

炸香的萝卜饺子，是真正的外酥内嫩，酥脆中紧挨着萝卜馅儿的部分又极为柔软，萝卜本身的辣味和辣椒的辣味混在一起，辣口又辣心，夹着高温油炸后的滚烫，简直就是冬天走在街头的必备美食，足以令昏沉阴冷的冬季瞬间明亮爽朗起来。要说我爱冬天，实则是爱冬天才有的萝卜饺子，也不为过。不知道这算不算是萝卜对众生视其如草芥的无声抗议：哼，我也有气节、有格调，想吃得看时候，时候没到，都给朕安心候着。

◆ 萝卜饺子

吃 春

真正知道春天到来，是味觉告诉我的。

往往在过完年的晴好天气里，蓦地发现头茬韭已经钻出了田垄，再过几日，椿树也偷偷摸摸长出八爪鱼样的小香椿，还有竹笋，在腐烂的叶子里露了尖儿……被大鱼大肉轰炸了一个冬天的嘴巴突然被这些绿色的家伙团团围住，寂寥而混浊的舌头从肥腻中抽身而出，连着好几天终于被清理得缓过神来，嘿，春天来了。

白菜经过霜冻，抱成团的叶子渐渐散开，蔫了的脚叶活泛过来，与菜茎结合的地方有一小根一小根的菜薹长出来。嫩茎绿叶儿，骨架纤细，趴在地头找好久才能找到一小把，肉汤煮沸，筷子夹着菜薹打个滚，心里从一默默数到五，时间正好，断了生，去除菜腥气，又不绵，还是脆的。找准位置，门牙咔嚓一声，可以咬断根部的茎，最好连着一片叶，再咬，汁液溅开，味蕾倘若可以看见，定是烟花绽开的瞬间，惊艳，真是惊艳。

这一开始可不要紧，大有刹不住车的势头。满田的菜薹噌噌噌一夜间全部冒了出来。往回恨不得脱了衣服跳进菜叶堆里去寻，现在只需挨个挨个掐过去，鲜嫩的叶，厚实的茎。我妈有点慌了："哎呀，这么多菜薹怎么吃得了，再过几天老了就可惜了。"找个天气好的日子，太阳刚扫干露水，我妈拎着菜篮子，从这头掐到那头，几分薄地足足能掐一大背篓，然后一一分给左邻右舍。

早春夜里还有几分寒气，抓住最后机会涮个羊肉锅，就着割下的头茬韭，切末，铁杵子捣成泥，满屋子的韭香气像窗外挡都挡不住的春天，闹得人心里直痒痒。《齐书》中有个故事，南齐周颙隐居在钟山，文惠公子问他"蔬食何味最胜"？周颙回答说"春初早韭，秋末晚菘"。菘是青菜、白菜一类的绿叶菜的古称（此处不作关于白菜、青菜区别的考证），敢于将春韭与蔬菜之王的白菜相提并论，足见其无穷魅力。

私以为，韭菜写得最好的不过"夜雨剪春韭，新炊间黄粱"。杜甫喜美食，也擅美食。友人至家，冒着夜雨剪来春韭，煮一钵掺有黄米的喷香米饭。韭菜清甜，黄米黏糯，屋内香气袅绕，屋外春雨氤氲。这时候的杜甫哪里是什么忧国忧民的诗人，分明是小资又有情调的文艺青年嘛。

（椿）

　　要说吃春，最具代表性的恐怕还是"吃椿"。香椿跟香菜、苦瓜这些独具特点的食物很相似，甲之蜜糖乙之砒霜，爱的人嗜之如命，恨的人避之不及。"春""椿"同音，在我家乡，香椿直接被叫为"椿天"。一场春雨过后，风暖了起来，我爹时间观念最强，也最馋香椿，瞥见门前的大椿树吐了芽儿，约上四叔和幺爷爷，"走，掰椿天去"，那架势当真要把春天请进家门里。

　　掰回的椿芽儿一刻都不能耽误。一是椿芽对时间特别敏感，上午摘跟下午摘的老嫩程度有差别，倘若上午摘了下午才食用，短短几个小时梗就老了不少，失了鲜脆。其次是安全问题，放置久了的香椿，硝酸盐会转化成亚硝酸盐，对身体有害。椿芽凉拌要先焯水，切细末，可以直接加腌菜汤和剁椒拌匀，也可以根据口味另调味。凉拌香椿吃起来满口的椿香，有种"吃草"的快感。香椿炒鸡蛋也很常见，椿芽儿焯后切碎，打散鸡蛋搅匀，放盐。油热后下锅，筷子迅速翻炒，蛋成形立刻关火。鸡蛋金黄，香椿暗红中带隐约的绿色，大人们会在孩子频频伸出筷子的时候戏谑，"看你把'椿天'都吃了，明年没有'春天'了怎么办？"

香椿还有一种吃法，炸"椿鱼儿"。鱼肉片成薄片，加盐、料酒、葱姜末抓匀。香椿去除根部，不焯水，所以香椿一定要是极嫩的。蛋清、盐、水淀粉，调成稀糊。每根香椿芽用一片鱼肉卷成卷，挂糊。锅里放油烧至七八成熟，将沾了蛋糊的"椿鱼儿"逐个放入锅中，调微火炸成金黄色。吃时蘸几粒椒盐，入口焦脆，随即是鱼肉的滑嫩，紧接着椿的气息甘香、绵长。苏轼如果有口福，只怕要连呼三声"可喍，可喍，可喍"。也有图便捷省去鱼片，直接香椿挂糊油炸，三五分钟就可享受一盘无边春色。

我家人人都爱吃香椿。尤其是我爹，每年除了自家椿树上的一棵不漏全部掰下外，还上山去采。近些年林子护得好，很多椿树长大抽芽，得带着绳子和短梯才能采到树顶上的。他收工从山上返回的时候，就打电话告知："要回来了，赶紧烧水准备㳠椿天。"（㳠：dan，四声，方言，将蔬菜等放在开水里稍煮一下，到快熟或刚熟的程度捞起来，意同"焯"。）楼顶拉一条细绳，沮好的香椿一棵棵倒挂在绳子上，暴晒，风干，手略微碰过去香椿叶子簌簌落成粉末状时，塑料袋密封，储存在干燥通风的房间。待时令过去，眼馋心馋时，将干香椿用水泡发，同肉、各种作料剁细，做馅儿，无论是包饺子还是蒸包子，或是同豆豉一起做扣肉的垫头蒸来吃，都是叫人十里闻香，过齿难忘的食物，很有一点大地回春或枯木再逢春的意味。

《黄帝内经》里有"司岁备物"一说，人应遵循大自然的阴阳气化来摄取食物。吃春的美妙，正在于时节，不是你想要我就有。此消彼长，兀自笑春风。如此看来，春菜们也真是够任性的呢。

◆ 春菜

烧 烤 这 东 西

就在不久以前，我与室友们之间有过一场关于"孤独"的对话。大意是你一个人做过的最孤独的事情是什么。L 说："一个人看电影。"Z 说："那不算什么，我也一个人看过，我还一个人去 KTV 呢。"Z 胜出。俩人说完看着我。我有些心虚：一个人看电影，一个人走长江大桥，一个人去 KTV，这些我都做过。"我还一个人吃过烧烤，算吗？"她们显然被惊到了，直呼："天哪，你是有多孤独才能做出这种事！"

其实一个人吃烧烤这事儿，在开始之前我对它的孤独性真真毫无意识，直到我去店里坐下等餐的时候，才意外发现自己确实是个异类。几乎每桌都是两人或者两人以上。两人多为情侣，对桌而坐，低声细语，女生吃根脆骨都小心翼翼，可是脆骨韧性十足，狠狠黏在铁扦上不肯下来，横着扦子去咬实在很难做到优雅，稍有不慎两颊都会糊上油渍。男生一改大口吃肉大碗喝酒的豪放，吃吃停停，侃侃而谈，如果女生能恰逢适宜地来个如花笑靥，男生再呷一口小酒，一来一去，煞是和谐。三五好友的，更是推杯换盏，觥筹交错，几杯啤酒下肚，吹几个牛皮，扯几个段子，场面好不热闹。唯有角落里的我，除了扪心自问究竟为哪般，还得承受周围不时递过来的疑问眼神。一顿好好的烧烤，愣是吃出百转愁肠。

也就是从那以后，我才知道，烧烤这东西，吃的不是烧烤，是情怀。

荻上直子导演的《眼镜》里面有个场景，小林聪美起初拒绝了罇真佐子一起吃晚饭的邀请。等到暮色四合，她走到后院的时候，才发现罇真和店家三人正欢快地吃着烧烤聊着天。罇真问:“你要加入我们吗？”画面的右下角是正在烤着的肉和蔬菜。小林聪美夹起一块厚实的肉咬了一口，嘴唇紧闭，似要锁住满口溢出的肉汁。罇真、男主人，还有女学生，连接三个镜头，每人张口塞进整块肉，腮帮子鼓鼓的，嘴被肉汁浸得油光水滑。

他们吃得极认真，边吃边品味，用心灵感受，用味蕾咂摸，好像要记住牙齿切开肉质纤维的嘎吱声，记住舌头触碰每一颗孜然的粗粝感，以及咬合过程中爽口弹牙的筋道感。聊着“黎明”，聊海边的风，右下角的柴火燃得很旺，暖黄色的火焰，男主人一直坐在烤架旁边，吃几口肉，再去翻烤一下架上的其他菜品。从始至终的背景现场音都是木柴燃烧时的噼啪声，肉汁在铁板上烤制时的滋滋声，声音由一点儿一点儿，变成一团儿一团儿，再到一片儿一片儿，从听觉延伸至嗅觉，再至触觉，最后到味觉。可以想象到满院子的菜香、肉香、花椒粉的麻香、小磨香油的清香。烤架下的火苗烤热了银色的夹子、手里的托盘，也烤热了每个人的脸颊。咬一口青绿的芦笋，干脆的咔嚓声说明这笋很嫩，汁水又多。金黄的馒头片入口，焦酥。还有大块烤茄子，软绵柔和。这哪里是看电影呀，分明是在引诱舌头用意念偷吃呢。

论起史料来，中国的饮食烹饪经历始于火烹，也就是烧烤。有这样一个故事，说的是远古时代的地皇伏羲。当时人们生活在物产丰富，飞禽走兽任人索取的原始环境中。却因为不懂得捕捉技巧，只得望洋兴叹。伏羲是个聪明且体恤民心的帝王，眼见子民辛苦，寝食难安，后来终于想到了将野麻晒干搓绳后编网捕食。这一方法普及之后，大家开始了使用生产工具上山捕兽、下海捉鱼的生活。随着食材的丰富，新的问题有慢慢浮现。杀死兽类后取得的生肉味道不好，还难以保存，有时甚至让人罹患恶疾。伏羲为此勇取天火，教会了人们制熟，对饮食文化进行了革命性的创新。人们为纪念他就把伏羲称为"庖牺"，即"第一个用火烤熟兽肉的人"。

烧烤之所以成为烹饪历史的开山鼻祖，我想跟它的方便快捷大有关系。只要有火，怎么都成。所以武侠小说里，烧烤是各路英雄从荒山野岭突围的必杀技之一。任盈盈跟令狐冲在溪边烤青蛙："这时她已将枯枝生了火，把洗剥了的青蛙穿在一根树枝之上，放在火堆上烧烤，蛙油落在火堆之中，发出嗤嗤之声，香气一阵阵地冒出。"尽管画面不甚美好，可若把青蛙想象成野鸡，轻咬一条小腿儿，肉质细嫩，油脂饱满，更何况还有美人相伴，着实不赖。美食美景之下，二人不禁调情嬉笑，烤煳了蛙肉，令狐冲还是赞道："如此火候，才恰到好处，甜中带苦，苦尽甘来。"后二人吃完蛙肉，略感困倦，暖阳和风之下，躺在地上不知不觉睡着了。在他俩所有的细节中，我唯独最爱这个场景，初次见面，却无半点生分，你烤蛙我吃肉，无油无盐，幕天席地，最原始最自然的状态莫过如此。

我的认知系统里，是不是一起吃过烧烤应该是判断一对朋友是不是知己的重要标志之一。西餐厅里，刀叉并用，先头盘开胃菜，再汤、副菜、主菜、甜品，包括坐姿、谈吐举止，都严格得像面试考查一般。多了优雅，少了率性，比较适合初识者，便于双方展现最好的一面给对方。

吃烧烤则不然，西装革履或者高跟鞋配洋装显然不太合宜。夏天应该光着膀子，穿着人字拖，女生套小热裤，男生打赤膊。边嚼着花生米，夹粒凉拌毛豆，吸一口花甲汁，再来十串脆骨、一盆蟹脚面、一打生蚝、一扎冰啤酒。男生相互吹牛聊聊女生，女生相互吐槽说说别人的坏话，感情就在吃吃喝喝之间渐渐融洽起来。

　　大学有一年冬天下大雪，寝室的姐妹们有的失恋，有的陷入暗恋，有的正在失恋的路上。于是，烧烤加小酒成了每天晚上的定点节目。校门口七八个冒着浓烟的大排档，老板围着油乎乎的围裙，挽着看不出颜色的袖子，甩开胳膊烤韭菜、烤香菇、烤鸡爪。劲酒小枝江和小瓶的白云边，你一席我一席。鸡爪烤得酥烂，土豆片加超多辣椒，金针菇被戏称为 see you tomorrow，到最后大家泪眼婆娑，不知道是被烟熏的，还是被酒水辣的。挽着走回寝室的时候，路面积了厚厚的雪，踩上去咯吱作响，脚步也随之变得优柔寡断，有人在空旷的路上大喊某些人的名字。这应该是我大学里关于烧烤最做作又最暖人的故事了。

　　再有一年的最后一天，我去到另一个城市，为跟另一个人吃这年的最后一顿饭，估计也是这辈子一起吃的最后一顿饭。我们在一个从没去过的烧烤店里，点了些不痛不痒的菜，说了些不痛不痒的话。余秋雨在写《河畔烤鱼》的时候，薄薄的面饼夹着滚烫的鱼肉，裹上几片洋葱，即便鱼肉烤成了糊糊，还是被他吃出了情谊无限。文中引用了狄德罗的一句话："现代的精致是没有诗意的，真正的诗意在历久不变的原始生态中，就像这河滩烤鱼。"

　　而我们经历的那些往事，也是真正有诗意的。就像那些年我们吃着烧烤喝着酒，踩着积雪唱着歌。

◆ 烧烤

鸡肉丸子与鸡油

　　说到吃食，似乎逃不开袁枚的《随园食单》。尽管汪曾祺不是太待见他，好几次公开说"袁子才这个人我不喜欢，他自己并不会做菜"。不过对食单我倒是情有独钟，细心的袁先生开篇将"须知"单独拎出来讲，包括时节、器具、火候等要素，结尾还加了"补救须知"，"淡可加盐以救之，咸则不能使之再淡矣"，像南方精精瘦瘦的白面书生，跷着兰花指啰里吧嗦，很有点可爱。食单中的菜谱可操作性很强，不少菜肴极具创意。文言读起来上口，有力道，有韵味，算是难得的饮馔史料。

　　"鸡功最巨，诸菜赖之，故令羽族之首，而以他禽附之，作羽族单。"可见袁枚对鸡抬爱有加。单上有鸡菜数十款，鸡圆赫然在列。鸡圆，也就是我这里将要写的鸡肉丸子。"斩鸡脯子肉为圆，如酒杯大，鲜嫩如虾团。扬州臧八太爷制之最精。法用猪油、萝卜、纤粉揉成，不可放馅儿。"

鸡脯子就是鸡胸肉。比起鸡腿、鸡翅、鸡脖子来说，鸡胸肉长煮会柴，寡淡无味。剔下来做肉丸子是最聪明不过的选择。我还在上小学二年级的时候妈妈就深谙此道，从此把我带向了"吃货"这条不归路。

当时的班主任按辈分来讲，是我一个本家哥哥，四十来岁，待学生极其凶残。他让我们班最调皮的学生从家里自带竹片，半蹲在讲台上，褪了裤子，把光屁股对准广大学生，乖乖让他铲屁股蛋子。作为班长，还年年拿第一的他的妹妹——我也挨过不下五次打。他教数学，有次我考了九十九分，一道应用题的答案忘记加单位扣了一分。等他讲到这道题的时候，特地走到我旁边，问："你是不是没写单位？"我说："嗯。"他说："忘了吧？"我说："嗯。""你还'嗯'，掉了单位你还好意思'嗯'！"这是他咬牙切齿说的话，随即粗大的手指开始捏我的脸颊，边用力还边转圈圈。羞辱加疼痛让我一辈子忘不了这个动作，以至于成年之后某一次逛街撞见他，还隐隐觉得腮帮子疼。现在回想起来，我居然一点都不讨厌这个哥哥，跟同学聊起他来恨他的也寥寥无几，都众口一词说当年要不是他，我们指不定差成什么样。也确实奇怪，那个年头老师打学生打得越狠，父母越感激。哎呀，扯远了。

坐我后面的那个男生姓马，是本校一个老师的孩子，仗着这关系更加调皮。不仅皮，还耍赖，嘴馋。我家离学校很近，一般午饭都回家吃，或者拿饭盒装了跑回教室吃。每每这个时候，马同学就会凑前来看看我又带了什么，然后必定捞上一两筷子。那天带了肉丸子，给他吃了一个他还要。因为丸子确实好吃，数量又不多，我死死护着饭盒护了一中午。上课铃声响的时候，趁我把饭盒塞进桌肚的空当儿，他一个箭步冲上来抢过我的饭盒，掀开盖子，抓起丸子就往嘴里塞。不幸的是，这一幕被我那个班主任哥哥全部看在眼里。他踱着步子走到我后面，"啪啦"一声一个大嘴巴甩过去，马同学被丸子撑爆的嘴立马瘪下去了。

呐，这就是关于鸡肉丸子最早的记忆了，一并的还有无辜的小小少年，也是头一回知道鸡肉还有这种吃法，味道如此惊艳。

鸡肉有天然的鲜味，不需要味鲜鸡精、味精、耗油、蔬之鲜这些乱七八糟的调料。鸡肉手工剁成肉糜，最好加少量鸡油进去，可以让丸子软滑。葱姜蒜剁成蓉，两三朵香菇细细切小粒，生粉、盐适量调味，一起搅拌均匀，选稍大点的容器，手打至起胶，团成丸子水煮即可。我一般都用清水来煮，只用搁少少盐都鲜得要命，可以鲜掉眉毛的那种。如果用鸡汤煮，我个人以为有点鲜过头了。煮过丸子的清水立马华丽蜕变为清清爽爽的鸡汤，不油不腻，鲜得恰到好处。像个出身名门，有着良好教养的大家闺秀，步履沉稳，旗袍的领子熨帖又温和，开衩高度也刚刚好。

为什么袁枚说不要放馅儿呢？想必是因为丸子自身就是富有层次的，手工剁的肉糜有极细极细的颗粒，香菇把鸡肉的鲜味完全激发出来，剩下一点软绵绵的须舌头小心翼翼才能体会到。做的次数多了，发挥的空间比较大，经常加些其他东西。打一个鸡蛋清，丸子会更松软，有像蜂窝一样不规则的小气孔，咬起来更嫩。加一块老豆腐进去，做成鸡肉豆腐丸子，扯一把豌豆苗滚个汤，就是可以吃出春天味道的豆苗丸子汤。

梁实秋写过一道《芙蓉鸡片》：取鸡胸肉，细切细斩，使成泥。然后以蛋白搅和之，搅到融合成为一体，略无渣滓，入温油锅中摊成一片片。做法与丸子极为相似，只不过一个球状一个片状而已。看来美食这物什儿，也能叫人产生英雄所见略同的共通感。关键是味觉不会辜负人，就像某期《悦食》上有篇稿子写道："吃，真的和同男神恋爱一样"，仅仅是想想就让人从头发丝儿到脚指头都有甜蜜感和畅快劲儿。

袁枚主张丸子里放猪油，这点我有异议。鸡胸肉少油脂，不额外放油丸子会有些干硬。猪油是妙物不错，但放鸡肉丸子里太强势，抢了鸡肉的味儿。猪油与鸡油，一个是东北大妞，高身架粗嗓门儿，走起路来大大咧咧，有一股子江湖气息。鸡油像江南细妹儿，精致婉约，走路前是前，后是后，脚印子可以串成一条线儿。要不怎么说梁实秋也写"如洒上数滴鸡油,亦甚佳妙"。

懂得鸡油妙处的人不少,电影《孤独的美食家》里,主人公点了一道"烤鸡油串儿",金黄的鸡油被烤得微焦,上覆白如雪的萝卜泥。一口咬下去,松重丰脸上的每一根神经好像都在拼命挤着喊着好吃好吃好吃,他眼角的那颗痣似乎都开始雀跃起来。鸡油分量极少,养多年的老母鸡运气好的话会有一小块儿。鸡油出油量也很少,炼鸡油是吃力不讨好的事,满满一大碗的鸡油块炼出的鸡油只能没过碗底。少而金贵,味道也越发显得精妙。鸡油面便是明证。那年大姐二姐不回家过年,我勤劳的妈妈一下子杀了十来只鸡,要么冰冻要么做成熏鸡带给她们。那次的鸡油统统被我炼出来,居然有满满一小碗。真真儿的金黄色,像雨过天晴的太阳光,像向日葵的花瓣,像金子,透亮透亮的。鸡油一定要煮面吃,最细的龙须面,水沸腾后下锅,煮透。水要多,面条才不黏糊,煮完能一根一根挑起来最好。撒盐,淋一勺儿鸡油。开吃。只要鸡油和盐即可。再加任何其他调料都是对鸡油的不尊重。

对,鸡油就是这么高贵、纤细,像女神。看我都满篇儿化音了,生怕语言稍有粗狂放肆就对不起我吃过的那些鸡油了。

◆ 鸡肉丸子

爷 爷 的 三 角 炉 子

爷爷是老中医，先是自己开诊所，后来公私合营有了公职，每月有一笔在那个年代算不少的收入，使得他能在奶奶去世之后，独自抚养八个孩子顺顺当当长大成人。爷爷晚年也颇安逸，儿贤孙孝，虽是独居在一边，却也自由自在。

爷爷对饮食一向很讲究。每年开春新茶上市，定要托人买些明前茶尝尝鲜。那会儿天还不暖和，老人害冷，屋子里还生着炭火。炭火烧旺后，在火盆里扒出小块地方，露出烧得红灿灿的炭灰来。小小的瓦罐冲泡水洗干净，空罐煨在火边。罐底的水渍冒着响声，蜷成一个个小水珠，顺着水汽越缩越小，最后了无踪迹。这时候爷爷三个手指头捏一小撮茶叶，丢进瓦罐，手握罐柄，轻轻摇晃，茶叶在罐底罐壁来回跑，屋子里开始有茶香。就在我担心茶叶要焦煳，瓦罐似乎要爆炸的时候，爷爷往罐里冲一泡沸水，像蘑菇云似的，瓦罐里瞬间腾起白花花的大水泡来。瓦罐继续煨着，茶叶舒展开，茶水翻滚，屋子里香气满溢。爷爷的一天也就开始了。

爷爷有只三角炉子，他不愿意在大伯家、四叔家或者我们家吃饭的时候，就自己做饭。通常是在我放假的时候，他喜欢差我帮他生火、提水、递油递盐。他知道我嘴馋，拒绝不了以同他吃饭为条件交换。爷爷对饭菜的量把握极准，几乎每次都能做到饭菜全部吃完，肚子又刚好到饱而不撑的状态。

大人们雨天还在睡觉，晴天已经在田里干活的时候，爷爷的炉子就烧起来了。细细的木渣、刨花垫底。干透的竹枝条折成小截，铺平。食指粗细的枯树枝也折成小根，架在最上层。炉子放在台阶上，我个子小，站在台阶下，略弯腰刚好可以看到镂空的炉架子。废纸柔柔和和团成团，点燃，放进架子底，火苗透过架子，舔着刨花木渣，竹枝条跟枯树枝也渐渐燃起来。最上层放黑乎乎的木炭，等到树枝燃尽、木炭变红的时候，火就算彻底生好了。爷爷总是在我一层层像垒房子一般垒各种燃料的时候，一遍遍唠叨："人要实心，火要空心，架火得留足空隙，火才旺。"

一口双耳小铜锅外围漆黑，内里闪闪发亮，这是爷爷炒菜的锅。冬天他常做豉椒肉、炖猪蹄、炖羊脚、炖牛筋这些高热量的菜。辣椒是我最不爱的彩椒，圆，皮厚，还不辣。炒炒会出水分，肉似乎也跟着有了甜味，豆豉则是黑而大粒，裹着不知道多少种酱料，炒多久都看不见豆子本身。可奇怪了，在家我一筷子都不吃，在爷爷那儿我能就着吃两碗饭。附近有卖牛肉的来，爷爷最喜牛蹄筋，头天晚上就用大瓦罐煨着，睡得晚，夜里还起来加一次水，添一次火。熬到第二天，牛筋软烂黏牙，配着爽口的水萝卜吃，可以把爷爷原本打算再吃一顿的量也给一顿吃了。那时候爷爷总会说，今天亏大了，你帮我做一次饭，我损失了两顿菜呢。爷爷晚年有很大的将军肚，我就去拍他肚子，嘲笑他："这么胖的肚子了，应该少吃点儿。"他也不生气，只是笑，笑着要爆我栗子："给你一瓜爆。"我把头递过去让他爆，他每次都是很轻很轻地点一下。我知道他舍不得，才会把头递过去。用爷爷的话说就是："我的孙女才不傻呢。"

　　夏季最爱他熬的绿豆汤、煮的绿豆菜。绿豆提前三小时泡发，刚吃完早饭就开始煨在火边。爷爷说，绿豆消暑去火，熬绿豆汤不能急，要慢工出细活。一次性水放足，巨大的瓦制罐子放了大半罐子水，才一小把绿豆。不过爷爷说他的手大，一把就够我和他吃了。火不大不小，还是那只三角炉子，中间添两次木炭。渐渐白水变浅绿，绿豆开了花儿，裂了口子。继续熬一个小时，等炭火燃成白灰，绿豆汤就熬好了。爷爷会拿雪白的大瓷碗舀满满一碗，碗底放一勺白糖，凉在一边。等正午热得知了都不爱叫唤的时候，一口气喝下半碗，解渴又祛暑。我喜欢趁爷爷不注意，拿小杯子偷半杯放冰柜里，冻成冰棍，这时候爷爷总会说："夏天不要吃冰，对身体不好，还越吃越热，心静才自然凉。"

剩下的绿豆汤，罐底是厚厚一层软绵的绿豆，小白菜焯水切细丝，加青红椒丝，用素油炒，加少量姜末，等菜叶炒得只剩很小一团的时候，罐底的绿豆汤倒进去，煮沸腾，就是绿豆菜。说实话，长大到现在，吃过无数次绿豆菜，包括我妈妈做的在内，都没爷爷煮的那个味儿。有绿豆沙沙的口感，清清爽爽，就着炕好的玉米疙瘩饭，连着吃三天都不会腻。

爷爷的主食以玉米饭为主，米饭也就偶尔用瓦罐煨了才吃一回两回。爷爷有一口双耳生铁锅，常用来做他最擅长的玉米疙瘩饭。锅里烧适量水，等沸腾的时候，一手拿筷子，一手抓磨好的玉米面，放一小把进锅里，周边会陆续起小泡，中心则是不断被浸湿的玉米面，拿筷子搅拌，同时往起泡的地方继续撒玉米面，等到锅里没了多余的水泡，玉米面又全部变湿的时候，盖上木质锅盖，用小火焖。中间会见爷爷拿小锅铲沿锅沿添一次水。他身体前倾，锅盖揭开的瞬间有蒙蒙水汽散开，使他眯了眼睛，这时候他挺着的大肚子显然格外碍事。焖熟的玉米饭有细小的疙瘩，浓浓的玉米香，比蒸的玉米饭略硬，但吃在嘴里格外柔和，不糙喉咙。锅底是很容易就铲起来的锅巴，金黄喷香，爷爷总不忘问我："要不要给你留一块饭后吃？"我当然是举双手赞成。吃玉米饭一定会搭配汤，除了绿豆汤，小银鱼汤、熏鱼汤、青番茄汤也是爷爷常做的。尤其是银鱼汤，我爱挑里面的银鱼吃，爷爷就老嘲笑我是只猫，家里的一只大馋猫。

冬天的时候，做完饭三角炉子里还剩好些炭。爷爷会烤一两个小孩儿拳头大小的早白土豆，或是烧几个栗子、一小把花生，有时候别人送的麻糖、龙须酥，烤热了味道也很棒。这些东西在那个物资还不是特别丰盈的年代，着实给我的胃和味蕾都留下了极其深厚的记忆。

高一毕业那年暑假，我给爷爷折了二十来小捆竹枝条，每捆手腕粗，刚够生一次火的量。竹枝用细绳扎好，摆得整整齐齐放在角落里。可是还没等到那二十捆枝条用完，爷爷就在一个晚上睡去，再没醒来。

那个时候不太懂爷爷的饮食之道，也没来得及问问瓦罐里的茶叶烘多久最合适，既不煳，又刚好出香；生锅里的饭疙瘩要焖多久才断生又不贴锅底；玉米面与水的比例又该是多少。这些，恐怕要成为永久的遗憾了。

幺奶奶的糖水

跟老公聊天，说起小时候各自馋的吃食。

我顶爱的就是香蕉，每次我爹外出回来，都会带香蕉给我，还戏说是"猫屎筒子"。可不是嘛，形状与猫屎的确有几分相似。以致我现在最不喜欢的水果就是香蕉，吃伤了。一整根吃完感觉整个人从头到脚都腻得慌，牙齿缝都甜。老公略带轻视地哼了一声："你了不起，小时候常有香蕉吃，我那会儿最奢侈的就是家里来客人了，顺带冲杯糖茶喝。"

糖茶虽然叫茶，可是不放茶叶，就是白糖加沸水冲制而成。记忆中只要去幺奶奶家，都得喝糖水。

我外婆原先是地主出身，被打倒后家破人亡，改嫁给外公，生下我妈姐弟四人。兴许是被批斗怕了，外婆把我妈嫁给了偏远高山地区的我爹。相对那个年代娶同村媳妇儿的大多数，我妈算离娘家非常远了，几乎割裂了与原生家庭的联系。幺奶奶娘家跟我外婆家隔很近，还有点亲戚关系，早很多年也嫁到了高山地区，跟我爹同村。幺奶奶自己的两个女儿后来都嫁得不太好，不常回去，幺奶奶便让我妈把她家当成自己娘家，我印象中关于很多传统节日的了解大都源于幺奶奶。

农村里早些年看重月半节，也就是现在常说的"中元节"。每年农历七月初五、十五、二十五，是女子回娘家过月半的时候。有句俗话"年是拜，月是接"，回去过月半，不能是主动回，得"接"，娘家人发出正式邀请后，再回去，方显得有趣味，受欢迎。

一进七月，附近的叔婶们都会问我妈："幺奶奶还没接你回去过月半哪？"我有些迫不及待地想早点去。我妈这会儿都会千叮咛万嘱咐："别着急，得等幺奶奶接了才能去。"还好，几乎每次的盼望都没落空过。

对于很少出门，从小就没外公外婆的人来说，去幺奶奶家真是一年当中数得清的节日之一。不仅有好吃的，最重要的是在这天我可以为所欲为，跟几个哥哥上山打鸟儿，爬树玩弹弓。幺奶奶一家几乎把我们当成最尊贵的客人，"在幺爷爷头上做窝都可以"。

唯一令我有心理负担的，就是刚进门那会儿，会面临一杯糖水的考验。进堂屋大门后右拐是幺奶奶家的火塘，一年四季都生着火，一把沉重的铜水壶吊在火堆上方，再往上是熏得黑黢黢的腊肉，几乎看不到肉的本色。进门后的寒暄以及饭后聊天几乎都在这里。

幺奶奶有个柜子，里面装满了麦乳精、橘子罐头、梨子罐头等一些平时不太舍得吃的零食，我们去了，她很大方拿出来，只不过偶尔会发现麻糖长了绿色的毛。细细甜甜的白糖也在这个柜子里。

她毫不吝啬拿大勺子舀满满一勺子白糖，搁在搪瓷缸里，热水瓶倒出热水，拿筷子的另一头轻轻搅动，既要不让水溢出来，又要尽快让白糖溶化。搪瓷缸兴许是喝茶久了，有茶垢被钢丝球擦过的痕迹。糖水滚烫，深吸气，凭着气力唆一口，真甜啊，除了甜还是甜。

糖水边喝边凉，低温的时候比刚开始似乎更甜，喝到最后缸子底部是还没溶化完的糖浆，厚厚一层，极缓慢地，随着缸子倾斜的角度向外流动。这时候舌头和喉咙终于缓过神来，实在太甜了，甜得发齁，甜得从心里打了个冷战。怎么会有这么甜的东西，几乎以为全世界所有食物只有甜一种味道了。

缸子外壁有少量糖水黏在手上，极不舒服。我表情应该很痛苦，因为我妈在拿白眼翻我。幺奶奶问："不好喝吗？"我妈赶紧接过话茬："没有，她都喝完了。"谢天谢地我妈接过缸子，倒了点热水让剩下的糖浆溶化，慢慢喝下去了。

回到家里，我妈果然开始给我"上课"："幺奶奶一番好意，疼你才给你冲糖水，你不情不愿是个什么意思，很容易伤到老人家的心。"并威胁我，如果下次再这样就不带我去了。再后来，幺奶奶依旧会冲糖水，不过我往往会喝完第一口就自动放我妈旁边，说等凉了再喝。我妈心领神会，每次都帮我喝掉。

　　渐渐地，她开始变老。我们离家上学越走越远，每年看她的次数少之又少。逢春节去拜年，她会念叨有些什么吃的一直留到七月过完，都坏了，还没见我们回。我眼前总会出现那杯浓稠的、化不开的糖水。

　　如今，幺奶奶去世已经五年，很长一段时间都没有人接我们去过月半节，也很多年都没再喝过纯粹的糖水。现在几乎没有人会拿糖茶待客了。我六岁的侄子有各种喝不完的饮料，吃不完的零食。我想，在他这辈，可能永远没办法理解这杯糖水在我心里的味道吧。

◆ 糖水

关于火腿肠的梦想

说火腿肠以前，先聊聊跟它同时代的方便面吧。

大约读一二年级的时候，方便面不叫方便面，叫"快餐面"。当时品种也很有限，只有两种，麻辣快餐面和鸡汁快餐面，它们占据了我零食世界的半壁江山。

在那个物资相对匮乏的年代，五毛钱一包的快餐面算是"好东西"。背着粉色小书包，穿红色健美裤、酒红色宽口灯芯绒布鞋、粉色袜子，拿一包快餐面大摇大摆走进校门，是可以吸引很多目光的。沿着锯齿撕开调料包，抖抖索索顺着面饼上方细细从头撒到尾，再用手捏紧封口，把口袋倒竖过来，摇一摇，拍一拍，保证面块均匀沾上调料。前面几大口直接从整个面块上掰一大块丢进嘴里，塞得嘴巴满满的，极有满足感。吃到后面把面块全部揉碎，一点点用三个手指头捏着吃，干干脆脆，又麻又辣，手指头都能吮出无尽的味道。

快见底的时候，大块的、长根的面没有了，剩下的是细末末，三个手指头捏不住。把口袋的一边理顺，形成小槽，仰起头，口子对准嘴巴直接往里倒。这个需要点功夫，稍不慎会让调料进到眼睛里，辣得闭着眼睛掉下泪来。塑料袋底部最后的调料和极少的面星子是精华，全部倒在手板心，悄悄拉上自己的好朋友，分她一些，各自用食指沾着吃，再彪悍一点，直接舔着吃。写到这里不禁想问一句，这样做的应该不止我和我的朋友们吧，请告诉我这条路上我们不孤单。

除快餐面之外，剩下的半壁江山就是其他零食的集合，比如辣条、北京烤鸭（不是真的烤鸭，而是面粉做成的一种辣味脆块）、娃哈哈、跳跳糖、咪咪虾条等。其中，占据绝对优势，可以毫无悬念博得我心中首席地位的非火腿肠莫属。鉴于一根火腿肠的价格和分量，它比快餐面更金贵，我吃的频率当然没那么高。再加上父母老教育我，火腿肠都是村里的死猪肉、病猪肉卖过去做成的，吃多了会得病。所以，我只有在过节、放假或者生病的这些特殊的日子里，才能吃上一两根。那时候我最大的梦想只有一个：长大了赚很多钱，买一车火腿肠，雇两个人帮我剥，我在旁边坐着吃。

　　那会儿火腿肠品种也不像现在这么多，最常见的是上了央视广告的"金锣王"。邻居家有个小我五六岁的侄女，我特别喜欢逗她，只要拿着红色的什么口袋或者柱形物体，边叫她名字边念广告"金锣王，金锣王，瘦肉更多弹性强"，她就以为我在吃火腿肠了，然后我作势一个人大吃特吃，再也不理她，不出一分钟，就会传来她撕心裂肺的哭声。这招屡试不爽，导致多年以后我们都长大了，看到她我就有一种负罪感。

　　火腿肠生吃炒着吃涮着吃或者油炸来吃，味道都不会差。尤其是冬天，乡下都用那种大铁盘的火炉子，炉子烧热后，火腿肠剥掉外衣，拿一张白菜叶卷住，像烤肉那样，放铁盘上烤。等白菜水汽冒尽，开始焦煳的时候，剥开叶子，肉香味扑鼻而来，肠体蓬松柔软，泛起金黄色的锅巴，咬一口，外脆内软，烫得舌头打卷，也停不下来。如果是搭在外面的火塘，大块木头烧过后剩下红色的炭块，直接拿铁扦子把火腿肠串起来，放炭块上烧，油脂伴随滋滋啦啦的声音往外冒，表皮会有小泡泡鼓起来，等小泡泡破裂，肠体明显变粗的时候，就可以吃了。这两种吃法被我妈称为"叫花子"吃法，满手油，嘴角乌黑，确实不太雅观，但确为最过瘾、最能激发火腿肠香味的吃法。

　　随着年龄渐长，我两个姐姐先后离家寄宿，开始有了自己支配零花钱的自由。大姐比较省钱，不像二姐老爱买漂亮衣服打扮自己，零花钱一般花得光光的，所以，大姐每次回家，总能带一些小礼物给我。自从她知道我的梦想是买一车火腿肠之后，兴许是被这个梦想给触动了，出于疼爱以及同情，火腿肠成了必备礼物之一。我第一次吃的"王中王"、第一次的吃鸡肉肠，包括后来第一次吃的泡面伴侣，都是大姐买给我的。后来二姐也开始工作赚钱，只要我去她那儿，总少不了吃一顿火腿肠，而且是管饱，算是离我儿时梦想最近的时候。尽管我一边吃，她一边唠叨："哎呀，火腿肠这个东西，又是淀粉，肉质也不见得好，要少吃。"但过不了多久又会说："想吃什么？我买火腿肠给你吃好不好？"

我另一个侄女也是火腿肠狂热分子，且唯独钟情于"王中王"。她在韩国留学，今年放完暑假返校，收拾了三个行李箱，其中有一个是满满一整箱火腿肠，这点颇有我当年立志要吃一整车火腿肠的风范。她吃各种泡面，如果少了火腿肠，简直要命。这点我也很赞同。牙齿咬断火腿肠一端的小锁扣，找准方向拉开整根缝合线，完整剥开的火腿肠用方便盒里的白色叉子切成小片，再加沸水泡面。泡好的火腿肠片有叉子留下的凹痕，能让整碗泡面立马上升好几个段位。

后来，火腿肠不再是稀罕物。我对它的迷恋程度也大大减弱，一般只有在煮面或者炒饭，不知道放什么配菜的时候才会想起它。我的梦想也陆陆续续变过好几次，比如当小卖铺老板的女儿，想吃什么就拿什么，不用付钱；当火锅串串店的老板娘，丸子牛肉随便加……想买一车火腿肠的梦想早就不再是梦想了，也就偶尔被长辈拿出来说说笑，还伴随大家对它轻微的蔑视："火腿肠有什么好吃的。"

年猪饭

宜昌的冬天，是缓缓地来的。静悄悄的，叫人不容易察觉。

从立秋开始，长辈就告诫我们："立秋水冷三分"，"不能喝生水啦"，"早晚别碰凉水啦"。白露过后，阴气渐重，露凝而白，昼夜温差变大，短袖裙子早已抵抗不住，箱底的毛衣外套开始晾晒，重见天日。再就是寒露，一场夜雨过后，冷气凝结，露带寒气，需戴着围巾，穿着短靴出街。街边的烤红薯白薯推着小车到处转悠，有女生捧着热乎乎的一团，哈着白气，吃得眉眼全是满足。

在外地念书的七八年时间里，很少买秋装，夏天过去大约一个星期，直接过渡到冬天。简单粗暴得毫无道理可言。回来宜昌之后，才发现原来时间是可以有节制的，慢吞吞的，一步步的。能在时间流逝的过程中感受到它，就像女人之于岁月，今天与昨天似乎并没有变化，没多一两肉，没多一条细纹，可就在某一天，对着镜子惊呼，呀，真的不再年轻了呢。就像某天早晨推开窗，扑面而来的风割在脸上，外面走过的行人缩着脖子缩着手，笨重厚实的羽绒衣不约而同被大家套上，你才意识到，怎么冬天就来了呢。

夜晚变得长起来，还没下班天就黑了。不想去烧烤摊子，也不想吃街边油炸小土豆，只想快点回家，小锅坐上，丢几只剁成块的番茄进去，再加几个小土豆、一把小干椒，炖一锅暖乎乎的热汤，滴几滴香油，煮到番茄化成浓汤，土豆变得又沙又软，刺啦刺啦喝下去，鼻尖冒汗，筋骨舒展，冻住的神经也缓过来了。

找一个天晴并且会持续好几天晴的日子，开始做腊肠。这是个大工程，算是过冬必演的大戏。买些肥瘦相间的猪肉，准备盐、辣椒、花椒、八角、葱姜蒜等各种调料，磨成粉，剁成末。猪小肠洗得发白透明、薄如蝉翼。备些粽叶，撕成细丝，棉线也行。全家老小齐上阵开始灌香肠。灌一节系一节，用缝衣针快速扎孔，放出空气。在通风向阳的窗口，支几只竹竿，挂上灌好的香肠，冬天的味道瞬间扑面而来。等到肠衣收缩、表面深褐色的时候，剪一节下来，掐几根蒜苗同炒，冬天的味道就更足了。

在农村，会杀年猪。早些时候，我们一个大家族七八户人家，杀年猪是要吃合家饭的。头天晚上，家庭主妇（如果婆婆健在的话通常是婆婆，婆婆故去的就是儿媳妇）会逐家逐户去邀请。尽管杀猪的日子是早就定下，大家都知道的，但登门亲自去"接"这个环节不能少。另一家主妇则会一口应承下："好嘞，明天都到你家吃饭。"小孩子们则欢天喜地，去别人家玩儿意味着可以不做寒假作业，还可以肆无忌惮地睡个大懒觉，直到有人喊："猪都叫了，你不能再睡了！"方才慢腾腾地，闭着眼睛边摸衣服边爬起来。

院子里摆上板凳，架上大铺板，中间搁着四五个人才能合抱住的"腰盆"。厨房里烟雾缭绕，大铁锅天不亮就被火苗一直烧着，锅里的水渐渐冒水汽，一晚上的寒气消失殆尽。锅底吐出第一个泡泡的时候，女主人对着院子里的男人们一声吆喝"水烧开了"，男人们像得到指令一样开始了——五六个壮劳力穿着长衫，捆猪嘴的、拉猪头的、捉蹄子的、抱猪身的，撕扯着把大肥猪按在准备好的板凳上。杀猪佬找准位置，亮晶晶的刀子进去，红通通的出来。下面装猪血的盆里撒了辣椒粉、花椒粉和蒜末，冲出来的血珠子溅出盆外，引得好些黄狗、灰狗过来舔食。杀猪佬一手摁着猪颈，一手亮出刀子："嘿，今天的猪好杀得很。"

农村有个很老的说法，杀猪最好一刀毙命，这样家里的老人才长寿，来年这户人家一定顺风顺水，如意发财。爷爷还在时，每到杀猪这天，总喜欢站在高高的台阶上，撑着椅子的靠背，仔仔细细看完全程。杀猪佬总不忘在收刀的时候对着爷爷喊一声："蛮好蛮好，您高寿呢。"爷爷笑得额上的皱纹更多了，一条盖住另一条，快要掉下来似的。他放开椅子，颔首道，"那就好，那就好。"

厨房里女人们边拉着家常、说着闲话边忙活，猪血盆端进去用菜刀横七竖八划开，倒进沸水里煮滚，撇去浮沫，招呼大人小孩过来吃血旺。如果家里有当老师的，必是重点招呼对象："一年到头吸了多少粉笔灰哟，快多吃点猪血把肺洗洗。"一碟腌汤、一碟辣椒酱，七八个孩子可以吃掉小半盆血旺。

稍大点的馋孩子央求厨房割下一块最好的里脊肉，打上花刀，各种调料撒一通，用经了霜冻的菜叶包住，丢进火塘。三五个更小的立马围过来，一会儿催着赶紧翻翻，怕煳了。大孩子说："煳不了，冬天的菜叶耐烧。"香气从一丝变成一缕，再变成一团，从吞吞吐吐到直来直去，最后急吼吼地往外冒。肉包被火钳夹出来，菜叶边子已经焦黄，中间伴着腾腾的热气正滋滋往外冒油。小心翼翼吹开菜叶包上的柴草灰，揭开叶子，调料被油脂熔化，肉的纤维纹理清晰可见，肉的香味溢满整个房间，连大人们也忍不住说："诶，别说，烤肉还真是比煮的香呢。"拿去厨房分成小块儿，孩子们人手一块，各自认真又急躁地吃起来。到这里，年猪饭里关于孩子的戏就差不多完了。

这边厢大人们才刚开始。木格子的屉笼蒸得往外喷"白气"。格子最底层是蒸菜。南瓜、红薯、土豆切滚刀块儿，拌玉米面儿、盐、葱、姜、蒜各式调料，铺平格子。"坐子肉"，即猪臀部瘦肉最多、肥肉最少的部分，切薄片儿，加玉米面儿、辣椒酱，打蛋清进去拌匀，一块块盖在蒸菜上。大火烧着，沸水滚着，上层的蒸肉最先熟，油脂一点点往蒸菜里沁。等南瓜变烂、土豆变软，屋子溢满香气的时候，就可以开吃了。

在宜昌长阳方向，是整个格子抬出来放桌上吃，这种吃法叫作"抬格子"。中间放一碗猪血，人们围坐着，就点小酒，吹着牛皮，几个男人可以吃上好几个钟头。鄂西五峰方向多是小碗分吃，中间炖上火锅，一定要是排骨，还得肉多骨头少，方能显出这家女主人很舍得。新鲜猪肝加豆豉炒、煎豆腐、猪血这几样也是少不得的。如果能有青椒、番茄、四季豆这些夏季时令菜，在当时物资匮乏，交通又不便利的年代，是相当稀罕的。

几乎从上高中起，就没在家吃过年猪饭了。大家族吃合家饭也不知从哪年取消了。三张大方桌拼在一起，几十号人同时用餐的情景少之又少。爷爷也去世十年了，我总疑心是那年的猪没杀好。现在写下这些，有些遗憾。遗憾错过了很多年的味道，飘着菜叶子香气的烤肉，蘸着红通通辣酱的毛血旺，还有爷爷笑眯眯等待一个圆满答案的样子，以及他一条条堆起来的皱纹。比我在武汉错过的七八年的秋天，错过那么多可以穿漂亮毛衫配裙子的日子，还要遗憾。

◆ 年猪饭

鱼 头 火 锅

鱼里面，我最爱的是鱼头。最爱的吃法是鱼头火锅。

记忆里第一次对鱼头火锅有印象还是很小的时候。

我姨妈家在水乡，家家户户有鱼塘，鱼塘上搭着葡萄架，一到夏天，绿森森的葡萄藤攀满了架子，水下凉悠悠的，鱼们便在这时可劲儿地长。每年暑假快结束的时候，两个表哥会在自家鱼塘捞起大条草鱼和鲢鱼，加上在附近沟渠里捕的一些叫不出名字的野生鱼，送到鄂西大山我的家里。

爷爷那会儿还健在，我妈不论做什么吃的，都会格外给爷爷留一些。她总说爷爷年纪大，好吃的要让爷爷多吃，我们还小，以后吃的时间多着。现在回忆起来，我肯定没妈妈那么孝顺，也没有孝顺的意识，想必是送来的鱼多，所以她给爷爷的那一份没怎么影响到我。不过也应该是从那会儿起，要对父母好的想法不知不觉种在了心里。

相比那些又肥又嫩的家养鱼，我更喜欢被晒成小鱼干儿的野生鱼。鱼香味更浓，肉更细，尤其是一种长在岩石缝里的"巴巴鱼"，像第一次吃小颗粒鸡精带给我的感觉一样，惊艳无比（那还是很久很久以前刚有鸡精这东西的时候，嘴馋空口吃过。请勿模仿，吃了口干，且现在我家厨房早就不用这东西了）。菜籽油烧热，鱼干入锅，等鱼干全部浮起来的时候，漏勺捞起控出油，用盘子装好。大表哥用他三只手指头拈了些细盐飘飘忽忽撒在鱼身上。大表哥往往最先挑一条稍大的递给我，我小心翼翼接过来，又担心烫，又担心被小表哥抢过去。左手两个指头捏鱼头，右手捏鱼尾，不急着入口。小表哥凑过来问："你是不是不爱吃？那给我吃。"我拿着鱼躲到大表哥身后，义正言辞道："我哪里不爱吃，是要等鱼凉透再吃，更脆。"大表哥赶走小表哥，转身轻轻给我一个"爆栗子"，笑说："哟，小丫头这么点儿就会吃味咯。"

再有一年，送来的野生鱼不如往年多，表哥格外细心地侍弄着数十条鱼干，下锅，翻面，一条条夹起，撒盐。正当我神圣而庄严地吃完第一条鱼准备开始吃第二条的时候，我妈不知道从哪里钻出来，作势要端走它们。她的理由是："鱼少，你们尝尝就可以了，剩下的给爷爷。"这我可不干了，扯着嗓子就开始干号。我妈才不理会，端着鱼往外走。眼看鱼保不住，我两腿一软，在地上打着滚再哭，可能是真舍不得那些鱼，眼泪也汹涌而出。一旁的表哥看不下去了，拉我起来，说："这不是还有很多大鱼嘛，大鱼晒干更好吃。"且不论大鱼干是不是更美味，在妈妈端着鱼走出屋子的时候我就知道这台下不来了，所以呜呜咽咽哭了会儿，只能乖乖收了声。

那以后好些天，妈妈像有些亏欠我似的，变着花样做各种好吃的。其中就有鱼头火锅。汤底用我妈自己做的豆瓣炒出红油，加花椒、干辣椒段、姜片进去炒。凉水刺啦一声倒进去，瞬间成了一锅红汤。煮水的间隙把豆腐切小块，焯水去豆腥味。锅里红汤沸腾后下处理过的鱼头和豆腐，撒盐调味。再大火煮十分钟，鱼头就可以吃了。

鱼头胶质多，时常让我产生吃完皮肤立马变得有弹性的错觉。除了鱼眼睛和鱼鳃外，鱼头上所有的肉我都来者不拒。鱼唇、鱼脑、鱼鳃边上的颈肉，每一处口感都不一样。鱼唇黏糯，有嚼头。鱼脑更是精华，量少不说，吃起来很考验功力。鱼骨不耐煮，稍有不慎骨头就四分五裂，细碎的末子会把鱼脑给毁了。不过比起鸭头鸡头的脑髓，鱼脑髓算最容易对付的，颤颤巍巍夹在筷子头上，透白晶莹，真真的入口即化。待鱼头吃完，捞起散落的几根骨架，剩下的豆腐也是美味，焯过水的豆腐易入味，会有细细的蜂窝孔。尤其是冬天，柴火炉上的锅子里咕噜咕噜冒着热气，水蒸气可着劲儿往外顶，像要把盖子掀翻，豆腐们就是在这冲撞之间吸饱了汤汁，揭开盖子艳惊四座。

美食家古清生专门写了一本《食有鱼》，里面各式各样的鱼、各种吃法的鱼让人眼花缭乱。有趣的是，"鱼头"这一部分专门提到了宜昌的鱼，提到木姜子。很赞同古先生的说法，缺了木姜子的鱼头，吃后"人顿生遗憾之感"。我妈自制的豆瓣酱里，就有木姜子。木姜子在宜昌又叫山胡椒，不同于胡椒，没有呛鼻味，也不同于辣椒，没那么辛辣，有一种异香，尤其是做清口版的鱼头豆腐汤，起锅前滴两滴木姜子油，或拍碎几粒撒进去，绝对锦上添花。提到豆瓣酱不得不多说几句，这么些年来，但凡吃川菜，吃鱼头锅，我总会事先叮嘱几句请不要放过多的某县豆瓣酱。吃过我妈做的豆瓣酱之后，确实能深刻领悟汪曾祺吃了高邮的鸭蛋之后，感叹的那句"曾经沧海难为水，他乡咸鸭蛋，我实在瞧不上。"

这也是为什么我不爱吃剁椒鱼头的原因，有一次去湖南，被朋友带去传说中最正宗的剁椒鱼头馆子，第一筷子之后就放下了，剁椒味盖过了鱼的本味，间歇还有细细的辣椒籽过来搅局，体验很不好。而用木姜子豆瓣酱做出来的红汤鱼头豆腐锅，吃不出豆瓣的味道，木姜子的味道也温和低调，快吞下去的时候敏锐的味蕾才悄悄提醒你："呀，放了木姜子吧。"汤色赤红、清爽利落，主角依然是鱼头，宾客分明，各在其位，好不和谐。

后来，吃完了鲜鱼的鱼头火锅，妈妈果然兑现了承诺，把大鱼晒干，在即将入秋的时候煮了一小锅干鱼头汤给我。只记得那天感冒，放学匆匆回家，不停咳嗽，晚饭也提不起兴趣。我妈从熏肉架子上取下已经半干的整条鱼，咔嚓剁下鱼头，斩大件，加白开水，煮。水沸后丢了几指火红的朝天椒进去。忘记是先喝汤还是先吃了鱼头，总之那真是我吃过的最美味的鱼头汤。晾干后的鱼头上肉少得可怜，非得苦心巴力地用牙一丝丝啃下来，可就是这一丁点肉，让我至今想起来口舌生津。风干的鱼是腌过的，各种调料浸润久了，连薄薄的鱼骨头都滋味十足，嚼起来有软绵的颗粒感。那天还有一个奇怪的配搭——香菜。我妈性子爽快，吃香菜除了做调料会切碎，其他都是整棵整棵的。秋天的香菜已快下季，根部较硬，起初有一丝苦味，但嚼着嚼着会有嫩香菜的甜味出来。加上猛烈的朝天椒，一碗下去满口火辣辣，再一碗下去，额头冒出细细的汗珠，简直是畅快通透。好像就是从那天起，只要感冒，我妈一定先煮辣鱼头汤给我喝。而我，每逢身体有恙，就格外想念白开水煮的干鱼头汤，也格外想念她在锅台灶边总结出来的生活哲学。

老舍在回忆他的母亲时感慨说："我之所以能成为一个不十分坏的人，是母亲感化的。而我，尽管没有长成一个对社会大有作为的人，但我所热爱的食物，热爱的生活，我所懂得的一切为人之道，也都是母亲用她朴素的行为告知给我的。"

◆ 鱼头火锅

那一碗蛋炒饭

　　最近在读汪曾祺的《五味》，极平常的一句话"油炒饭里加一点葱花"，勾起了好多关于炒饭的事。

　　我记忆里最美味的一碗炒饭大概是七八岁时，二年级吧。有一回老师布置了家庭作业，让我们写一篇游记，去哪里玩了，看到了什么，想到了什么。农村里巴掌大的地方，既无景点也无名胜，哪里有多少可以去游玩的地方。临到放学时，同村一个女生提议说，她家屋子后面有一个洞，洞里有不少罗汉，我们可以一起去。

　　三五个人于是约了去她家后面的罗汉洞。她家离我家大概有半个小时的路程，一二里路吧。那时候没座机没手机，一伙人边走边聊，谁都没想起来放学了不立即回家父母是会着急的。大家兴致勃勃去洞里观察了罗汉，似乎还数了数罗汉的个数及罗汉的手指头，我还特地留意了洞口那块空地，以及空地上巴掌大小的圆叶子。太阳快落山的时候，我们才想起来得回家了。走到女同学家门口时，她奶奶硬把我们一伙人叫到屋子里吃饭。

对的，那天的饭就是我吃过的最好吃的油炒饭。除了米饭之外，一星半点儿的配菜都没有，连葱花也没有。粒粒分明的米饭簇拥在碗里，每一粒都透着光泽，入口不软不干，不湿不柴，筋道又不黏牙，猪油的香味儿加上盐的咸味儿，把米饭的香彻底激发了出来。我几乎是一口气吃完了一碗，本来还想着再盛一碗，估计那天去的人太多，饭不够，奶奶没叫我们去添，只好抹抹嘴巴回来了。路上我一直在后悔，应该慢点吃的，让油炒饭的味道持久一点，吃太快嘴巴舌头还没过足瘾就到了嗓子眼儿，紧接着又到了胃里，太亏了。

那会儿我们还住在老房子里，有一个高高的台阶，还没踏上台阶，我妈就在道场上骂开了："为什么这么晚才回？跟谁出去混了？不学好小心打断你的腿。"这边厢，我还在回味油炒饭的味道，很想问问我妈，怎么才能做出那么好吃的油炒饭。现在也一直后悔，没问问同学的奶奶这饭是怎么做出来的。

从那以后，关于油炒饭的记忆就多了起来。但没有哪次的味道同那次相似，汪老说："大抵一种东西第一回吃，总是最好的。"直到我妈做的蛋炒饭出现。

锅烧热，冷饭下锅围成小圆堆，中间挖出一小孔。水瓢装清水，中间小孔点一下，再绕着米饭堆的外围淋一圈儿水，不可多，最好呈线状。盖锅盖。等滋滋的声音渐小时，小火。米饭已经热透，用筷子划拉均匀，扒至锅的一边。大火，锅里倒油。热油的空隙，盐、花椒粉、辣椒粉或者十三香等作料直接均匀撒在米饭上。油里放蒜末炸香。这时候米饭扒到中间同油一起炒。等米饭和调料及油都拌匀之后，就是这个蛋炒饭最重要的环节，鸡蛋直接打到米饭上，用筷子不停地划圆圈，直到每一粒米饭都裹上蛋液为止。小火，继续用筷子拌，等米饭和蛋液完全裹紧，呈金黄色时，撒几粒葱花，起锅完毕。这里的葱花，最好用大葱的葱青，葱香浓郁，颜色翠绿，小葱的葱青其次，最次才是葱白。

我妈说，这样炒出来的蛋炒饭，每一粒米都是金黄色，看不到鸡蛋，也看不到白色米粒。黄绿相间，入口是葱香，紧接着是鸡蛋香，再细一点，盐的咸味和辣椒的辣味，也能体味出来，层次分明，一个都不怠慢。所以，我把这称之为"蛋炒饭的最高境界"。

《食经》中记载的"碎金饭"据说是蛋炒饭的始祖。熟米饭要软硬适中，松散有度，佐以鸡蛋炒，使粒粒米饭裹上蛋液，成品如碎金子闪闪烁烁，又称"金裹银"。后来隋炀帝巡游扬州时将"碎金饭"传入扬州，成为扬州炒饭最早的记载。配料众多，工艺精湛，使得扬州炒饭从门后入前厅，登了大雅之堂。只是传说中它的标配：海参丁、鸡丁、火腿丁、干贝、香菇丁、笋丁、鸭肫丁、猪肉丁让我眼花缭乱了。如果味蕾有记忆，也会厚此薄彼，轻视了鸡丁，鸡丁有意见，疏忽了火腿，火腿会枕戈起义。周星驰演的电影《食神》中，"皇帝炒饭"也是如此，米放在基围虾里面蒸熟，再用整只极品鲍鱼榨汁，加上官燕来炒，表面上看起来平凡无奇，其实精雕细琢，高深莫测。但最终令薛家燕落泪满地打滚的"黯然销魂饭"，还是那碗深夜里给了星爷熨帖抚慰的叉烧煲仔。门外灯红酒绿，歌台暖响，哪及家门暖灯一盏、热茶一杯。论及口腹之欲，我依旧独爱快手饭一碗，米饭加油、盐，撒葱花，最多再加个鸡蛋这一款。

吃过了我妈做的蛋炒饭之后，外面几乎所有的蛋炒饭都入不了我的眼。他们一般是先打鸡蛋，划散，随客人的意思加香肠、青菜、胡萝卜，再加米饭，用一把大铁勺狠狠地翻来覆去，米饭几乎都被拍扁了。等到饭热透，那边的鸡蛋已经又老又柴，一小点一小点分散在米饭的缝隙间，再加上各种各样的配菜，米饭和鸡蛋的味道早已荡然无存。所以，通常情况下吃炒饭，我是决意不会点蛋炒饭的。

"小时候的东西都是最好吃的。"正如每个在外的孩子想家一样，我想念和挑剔的，除了饭的味道，还有给予我爱的那个人，为我做一顿饭的耐心和从容。

◆ 蛋炒饭

麻辣香酥兔

　　我爷爷那辈有打猎的传统，俗称"赶仗"。一到秋天，玉米晒过一两个礼拜的太阳，便开始须乌粒黄。地里的黄豆被秋风一扫，豆米们鼓胀胀撑破了豆荚。父辈们走在靠近林子的地里，会发现掰了一半的玉米棒子挂在杆儿上，沙地里到处是深深浅浅的大印子，个个咬牙切齿："獐子，你们招呼些，吃吧吃吧，吃饱了收拾你们！"收了庄稼，进入农闲季节。山中野猪、香獐、黄麂、青麂等野牲口已经到了十分诱人的膘肥肉满期，赶仗活动开始启动，直到次年春耕，是赶仗的大好时机。

　　在我念小学的时候，我们家族养了好几条战无不胜、攻无不克的猎狗，货真价实"葫芦嘴巴耳生叉，鞭杆尾巴腰一卡"的"赶仗狗"。幺爷爷是五个爷爷中的打猎高手。他现在将近七十，身板儿还硬朗得很，及膝的大白裹腿布一缠，可以跟三四十岁的硬汉子拼体力。

每到秋冬季节，天一擦黑，幺爷爷便扛着家伙吆喝着猎狗出发了。往往在上半夜结束或下半夜开始的时候就能听到狗叫声。第二天，我们一群小孩子会起得格外早，因为有野味吃。有时是一锅野猪肉，有时是半扇獾子，野鸡、獐子也常见。我第一次吃兔肉就是爷爷们打猎来的战利品。

记得很清楚，是一个初秋的中午。金黄的太阳照着金黄的庄稼，映着金黄的笑脸，眼睛都快睁不开了。家里人喊着开饭，待我爬到桌上的时候，才闻到一股从来没有的异香，中间炖着咕噜冒气的一锅肉，剁成小块小块码得像山丘一样。问了我妈好几次这是什么，她意味深长地笑，不告诉我。那肉真叫一个细嫩——"如丝般顺滑"，比鸡肉更滑嫩，纤维更细，嚼在嘴里几乎感觉不到纹理，小小的肉皮蜷缩在中间，有点像几个月的嫩羔羊肉的皮。锅子里放着刚从地里摘来的新鲜辣椒，绿色的朝天椒切块儿，久煮之后变得软绵，弥漫着闻闻都想掉眼泪的辣味。但充足的辣味并没有掩盖肉本身的味道。它们像两个功力深厚的老者，表面不动声色，暗地里针锋相对丝毫不让半分。私下以为肉还是占了上风，肉的香和醇一丝一丝都保存在纤维与汤汁里。

那天二爷爷也在我家吃饭，一筷子下去汗珠就滚了下来。妈妈说："哎呀，这个兔子肉不放点辣椒压不住味儿，您吃辣了点吧？"我顿时犹如五雷轰顶，纳尼，这是活泼可爱的长耳朵、短腿儿的小白兔吗？正伸向锅子的筷子停住了，我"哇"的一声哭了出来。那顿饭我再没吃那锅肉。可耻的是，在后面的日子里我会时常想起那股异香，以及那个醇厚细腻的味道。以至于某一天当桌上再次出现这尤物时，我毫不犹豫地伸向了它，早已忘却曾经为此流过的眼泪。这也成为日后父母多次嘲笑我虚情假意的"好吃佬"本质。

打那以后，我们家族上下以我妈为中心，开始养兔子。主要是我大堂嫂、四婶儿和一个堂婶、一个堂姑。我妈专门腾出一间老房子，架了结实的兔笼，到周边打听哪里有优良的种兔，斥巨资买过来配种。她还去资深养兔专家那里取经，回来之后再把信息告诉给堂嫂她们。兔子的繁育周期相当快，不到一年时间，"嘎吱"一声推开老房子的木门，大大小小的黑兔、白兔和灰兔们从门口向角落散开去。丢一堆白菜叶、胡萝卜、水萝卜，就会有大兔子颠颠地跑过来，三角嘴细致又警惕地吃起来。小兔子则会小心翼翼地吃几口抬头望下你，通红的眼睛在不太亮的房间里发着光。

兔肉又叫"百味肉"，质地细嫩，极易被消化，吃完不会有脑满肠肥的油腻感，民间"走兽莫如兔"的俗语就是这么得来的。而且富含高蛋白，适合喝水都怕长胖的人。兔肉因为细嫩，皮很难剥下来，不像羊皮和猪皮可以整块揭开。去毛的过程中很容易把皮扯破，鉴于场面残忍，这里省略五百字。每次家里吃兔肉，这些工作都是由我爹来做，所以长这么大，我真真没见他动过一筷子兔肉。只要我一嚷嚷，"啊呀，兔子好可怜"，我爹就一副瞧都不想瞧的表情："有本事你别吃，一块都别吃。"

麻辣香酥兔的诞生是一个曲折的过程。第一次的野兔火锅过后，家人纷纷表示，肉好吃，汤难闻。兔肉有一股很重的臊味，不容易去除，遇水之后的腾腾蒸气更是将臊味散发得淋漓尽致。如何减少水的介入是我妈一直在研究的问题。借用啤酒鸭的灵感，她用啤酒来煮，煮到水分完全蒸发再放各种调料，酒可以去除腥臊，但调料味入得不够。炒到半熟之后再隔水蒸，依然会产生大量的水蒸气，让肉不够干爽，湿漉漉的。直到后来，她发现了最野蛮、最直接，也最劲爆的制作方法。

带皮的纯肉熟起来较快，所以剁成块儿的过程中与带骨头的部分分开。菜籽油大约将肉淹没一半的量，烧七成熟，去除菜腥气。盐放油锅爆（为什么这样我不知道，健康问题在这篇文章里暂且搁置一边吧），姜拍散切大块儿在锅边滚一遍。下骨头肉炒至变色，再加纯肉进去炒。大量整粒花椒去除黑籽，朝天椒剪刀剪断、去籽，同炒。以上三种调料清洗之后用吸油纸或者厨房布吸干。高度白酒一大勺，倒入后迅速用火点燃，在锅里翻炒的时候会有火苗烧起来。翻炒三五分钟，肉皮起皱的时候盖锅盖焖烧，隔五分钟左右翻炒一次。待到肉色金黄，辣香扑鼻的时候，就差不多了。

　　每次做这道菜，我妈都会动用家里的柴火灶，不粘锅不煳肉，巨大的铁锅可以保证每一块肉自由地翻滚、冒泡，吸足香料的味道。肉块儿从铁锅边擦身而过，滋滋的响声像是跳集体舞，你挨着我，我挤着你，摩肩接踵吵闹得不可开交。这个在叫"熟了熟了"，那个又在喊"哎呀，好烫"。出锅的兔肉，质地细密、柔和，嚼起来很轻松，不费牙口。唯一的遗憾就是得配一杯水，辣过之后喝凉水都烫，烫得想吐出来，可是胃里的馋虫还在拼命拉扯，用一股强大的吸引力支配着手指机械地啃兔肉、吮骨头。兔肉里我最喜欢的是排骨，极有滋味。兔排骨极细，油炸过后根根分明，肉包裹在骨头上，必须用牙齿才能撕下来。我会像拆机器零件一样，先把骨头上方覆盖的肉皮及薄薄的瘦肉吃掉，再用手指将骨头一根根卸下来，卸下来的骨头上有像肠衣一样薄薄的肉，用啃竹签肉、脆骨一样的办法，用最灵活的两个门牙把肉"刷"下来。有的骨头甚至都脆脆的，可以嚼了一起吃下去。吃完兔排的手指也是香的，毫不夸张地能把十个指头全部舔一遍。每到我们集体舔手指的时候，就是我妈在一旁边笑边摇头的时候。

　　养兔热潮大约持续了一年多，除了我妈之外，其他人都以兔肉难做为由渐渐荒废了这事儿。在我妈发明了这道麻辣香酥兔之后，几个侄女儿和堂妹纷纷移步我家，说就我妈做的兔肉才好吃，七八个女孩子（包括我家姐妹三人）围着一盆火辣辣的兔肉，吃得眼泪、鼻涕长流不止，辣得说话都不顺畅，偶然吃到一粒花椒，麻得跳脚。有几次侄女儿们吃完胃疼，下次再吃干脆直接带着胃药上门。

香酥兔后来成为我上寄宿学校后的必带菜品。头天晚上炸好，漏勺沥干油，第二天用保鲜袋里外三层包好。晚自习下课之后，一群女生奔回寝室，边泡脚边啃兔肉。那会儿是大寝室，住了二十来号人。人多肉少，除了极少数同学一点辣都不能吃以外，往往每人两三块就没了。跟我最要好的两个女生偷偷要求我先藏一份再拿出来分，不然实在不够吃。毕业多年之后，每当在群里聊起我们的学生时代，聊起卧谈会，总有人忘不了在快结束的时候跳出来说一句："还有某某，你的兔子嘎嘎（第三声，方言，'肉'的意思）好好吃！"

2008年的时候，妈妈开始腿疼，2009年检查出来股骨头坏死，短时间内又不能做关节置换。她逐渐减少兔子的喂养数量，又坚持了两年多，最后在我们的压迫下终于放弃这个事业。在新疆的大姐有一次探亲假回来，吃完满桌子的菜后，毫无意识地感叹了句："还是好想念妈做的兔肉啊。"一旁的妈妈应道："只怪你妈生病了。"虽然语气轻快，可我还是读出了深深的遗憾。

那 蒲 公 英

对于二十多岁，尚未真正离开家的我来说，故乡就是一个地名而已。所以对于诗句里带着浅浅乡愁的船票，悬挂在桃花岭、照亮山腰的明月，以及声声乡音、句句乡情，其实并无太多感同身受。只有特定的几个画面，像一帧帧画一般，循环放映。

十一二岁以前，一直待在生我养我的那个小山村。每每逢人提到童年、家乡这些极富回忆的词汇，我的眼前惯性一般出现一大片一大片的蒲公英。先是略带鹅黄的嫩芽儿钻出土壤，一场春雨之后，鹅黄转为嫩绿，叶片上闪着清亮的光。这个时候的蒲公英是可以上餐桌的。在姐姐们的带领下，挑一个和风暖阳的日子，挎着竹篮，或拎着小布袋，拿着母亲"点栽"青菜时才用的小锄头，朝向阳的沟边走去。比赛似的半晌时间，各自的家伙都满满当当了。

（木姜子）

　　挖来的蒲公英择去根部的略微变黄的叶子，抖落泥土，清水洗净、沥干。坐锅烧水，待水沸腾时，倒进清脆的蒲公英，关火。小木铲子在锅里翻几个来回，确保每一根叶子都变成深绿色之后，漏勺捞起。泼一瓢凉水，沥干。小麻油、辣椒油、几粒细盐、少量蒜蓉，拌匀。配白馒头，佐粥，均是佳品。虽略带苦味，尽头却是一丝甘甜，像把整个春天吃到了肚子里，神清气爽。

　　一般这个时节，木姜子花开得正好。浅黄浅黄的花朵缀满枝条，一小撮儿一小撮儿簇拥在一起，打树下过都会沾一身香。捻两三朵花下来，拍碎剁细，同焯好的蒲公英叶子搅拌几筷子，格外有风味。木姜子在我心里是调料界的头牌。读书的时候曾经因为一个女同学家里有很多木姜子树，她爸爸可以源源不断供应木姜子花酱，我由此和她成为至交，这样早餐时可以多抹点她的酱在馒头上。蒲公英加了木姜子，绝对是画龙点睛之笔。

小学课文中有一篇文章——刘绍棠的《榆钱饭》，是我的大爱。自从在读高年级的姐姐的课本上读过之后，便无法释怀。长长短短的句子被我念了又念，品了又品，最后可以全篇一字不漏地背诵下来，似乎每个句子都带着油盐酱醋的味道。尤其是那句"把切碎的碧绿白嫩的青葱，泡上隔年的老腌汤，拌在榆钱饭里"，能让我咂摸着回味一个上午。依葫芦画瓢，把挖回来的蒲公英叶子焯水、切碎，加玉米面儿、土豆块儿，再同腊肉丁拌匀，上屉笼大火蒸熟，出锅时也装模作样浇上半勺"隔年的老腌汤"，那味道真是吃一次惦记一整年。现在想来，我对这道菜饭的迷恋，不知道是缘自对蒲公英的喜爱，还是对当年读到《榆钱饭》时酸着腮帮子咽口水的纪念。

气温渐渐回暖，梧桐絮到处乱窜的时候，蒲公英叶片的轮廓一天天清晰、硬朗。这时候连根拔起它们，洗净，加水一起熬煮，煮到水变色的时候，晾凉，一口喝下。母亲说，这样一整年都不会感冒，不会肚子痛了。

蒲公英叶子的蔓延速度远远快过我们的采摘速度，不消几天工夫，整片整片的绿色便满了眼。一边肆无忌惮地打几个滚，一边担心汁水染了衣服，回去会挨打。日子便在这浅薄而丰满的情绪中变得绵长又细腻。

最璀璨的时候是春末夏初。蒲公英终于开败、结种，白色的冠毛挤成一个个绒球。从中部掐断，好几根集到一起，鼓起腮帮子吹一口气，满天的毛毛雨飞起来了。落在头上、睫毛上、泡泡袖的衬衫上，像电视剧中簌簌落下的雪花、樱花，像一切满足小女孩浪漫愿望的意象。这还不算完，吹去种子的蒲公英，还剩下光秃秃的空心儿茎干。把茎干的一端撕成约四厘米长的花瓣状，在阴凉地团一丁点儿泥巴，搓成圆球，放在空心处，仰头，轻轻吹另一端，小球开始旋转、跳跃，围观的小朋友拍着手，像看表演一般兴奋……

这就是关于蒲公英在我童年的所有记忆，也是故乡这个大而化的概念所能代表的一个具象。后来细想，甚至专门在春天回去探访，周围并无大面积的蒲公英，只在某些荒废的田边地角，隐约有一两株。但我知道，它们真真实实地存在过，也真真实实丰富了我幼时贫瘠的趣味来源。

很多东西在渐渐消失。但属于它们的记忆，会因着这消失，越发明朗清晰。一如"故乡"二字，走得更远，才发现它离心更近。

◆ 蒲公英

酱豆儿

酱豆儿其实就是豆豉。不过我们老家都这么叫。

带着浓浓的儿化音，"豆"发第一声，尾音上挑，舌头卷起，听起来像是"酱兜儿"。我一个婶婶，是湖北长阳茶庄人，温和有礼，说话软绵绵的，讲"酱豆儿"尤其好听，感觉有一粒粒圆溜溜的小豆子从唇间吐出来。

我上的初中在离家二十来里的乡镇上。山高路远，为了照顾到周边的同学，实行"大周制"，每两个星期放一次假，从星期一到星期十一，也就是第二个星期四上午放假，周日下午返校。一个月放两次。当姐姐们上初中的时候，听她们骄傲地提起星期七星期八，特别羡慕，不知道那是一种什么样的生活，大概跟我在小学里一日又一日的周一起，周日止，大不一样。我心心念念盼着也能过上有星期八、星期九的大周生活。当我真正去过的时候，才发现一点都不美好。单是吃饭就成大问题。

　　小学就在家门口，能听见广播声和上课铃声，中午掐着时间点儿回去吃午饭，热腾腾的米饭，暖呼呼的肉汤，吃完小睡一觉。下午上学的时候捧着一大瓷缸子新鲜草莓，走到学校刚好可以吃完。

　　大周生活不仅没有新鲜草莓，没有瓷缸子可以炫耀，一日三餐都成问题。学校的饭菜是出了名的清汤寡水，"照得见影儿，找得见腿儿，吃不上嘴儿"，跟汪曾祺老先生在西南联大吃到的糙米老鼠屎"八宝饭"不相上下。玉米磨成粉，加水拌得不干不湿，隔水蒸熟，就是当时的主食"高粱面饭"。家乡有句俗话"面饭懒豆腐，草鞋家机布"，道出了它在饮食界不可动摇的地位。我极不爱吃这面饭，干燥、粗糙，用我妈的话说"不爱下喉"。但如果加了酱豆儿拌匀的玉米面饭，还是可以吃一吃的。酱豆儿于是成了我记忆里最重要的小菜。

　　酱豆儿用大量菜籽油、猪油炒香，加蒜苗末、香葱末、姜末一起炒至水分尽失，冷却，用饭盒、塑料袋装好。因为加了菜籽油，酱豆儿淹没在亮汪汪的油里没有凝固，勺子轻轻就能舀起。又因为加了猪油，菜籽油不会溢出来。那会儿还是红蓝黄三色的饭票，蓝色一两，黄色二两，红色三两。我一般打二两面饭，回到寝室把面饭挖个小坑儿，舀一勺酱豆儿，再用面饭严严实实盖住。饭的热气将油融化，金黄色的酱豆儿油把原本金黄色的面饭染得更黄、更红了，细腻的油脂将面饭小颗粒裹得结结实实，顺着喉咙一下子就进去了，"好下喉得很"。

好在那些年父母勤勤恳恳，生活尚可，每个大周给足生活费，能让我凭着兴趣选择吃面饭还是米饭。专门的教师食堂每天早晨有馒头，中午、晚上有米饭。我最爱的就是酱豆儿灌馒头。大白馒头中间掏空，灌几勺子酱豆儿，捏紧，一口下去，有面有油有酱豆儿，麦子香、菜籽油香、黄豆香，每一口都扎扎实实。

酱豆儿制作方法较其他家常菜来讲颇为复杂。黄豆泡发、洗净，大火蒸三到五个小时，用指尖一碾变软烂即可。蒸黄豆的火候很关键，太硬做出来的酱豆儿像铜豌豆，嚼起来费功夫，太软容易成泥，晒出来成不了形状。我妈通常下午开始蒸，木质屉笼铺上白纱布，上面放黄豆，加木质盖。蒸到傍晚满屋子弥漫着黄豆香，水汽蒸腾，烟雾缭绕，印象中我一定会跳着来一句"哇，像仙境一样"，现在想来这种傻缺的快乐很大程度上缘于对新做的酱豆儿的期待。

如果是冬天，蒸熟的黄豆用木盆平铺装好，盖上纱布，温度特别低的情况下外面再裹一件棉袄，然后埋在米糠或者菜叶糠堆里，两三天之后，扒开糠堆，揭开纱布，霉腐味儿扑面而来，用筷子挑起黄豆有长长的白丝出来，就说明"来好了"。黄豆"来好了"也是做酱豆儿很关键的环节，来嫩了酱豆儿还是黄豆，不够味儿，来老了则气味过重，臭不可闻。

夏天温度高，制作酱豆儿方法略有差异。蒸熟之后找一间门窗密闭的房间，地上铺一层香椿叶子，再薄薄铺一层黄豆，最后盖一层香椿叶子，门房关紧，以防飞进蚊子、苍蝇之类的东西。我妈隔个一天半天时间就会上楼看看黄豆"来了"没有。夏季的酱豆儿又叫"伏酱豆儿"，只有技术过硬的人才敢在三伏天做酱豆儿，不然温度过高加上乡下蚊蝇肆虐，很容易使黄豆长虫子。春天桃花盛开的时候也有人做，加点桃花酱就是闻名的桃花酱豆儿。

准备好盐、辣椒粉、花椒粉、姜粉，大蒜拍碎剁成末，姜用瓷片刮去皮，拍松切末，夏季还有木姜子、花椒叶子。所有的调料用大瓷盆备好，来好的黄豆装在簸箕里，将调料一瓢一瓢撒上去，每撒一瓢拌一个来回。等到黄豆裹上厚厚的作料，酱豆儿前期制作就完成了。

拌好佐料的酱豆儿在簸箕里待上半天，略微过过风，晒晒太阳。瓦制泡菜坛子洗干净，倒竖沥干。酱豆儿装坛，用塑料袋密封，上面压一袋沙子或是其他重物，防止进水漏气。坛子搬至阳光充足的地方晒一个礼拜，进行二次发酵。至此，酱豆儿就做好了。

熏好的瘦肉切成片，青、红椒晒干切成丝，同酱豆儿一起炒，是绝佳的米饭杀手。腊肉煮熟薄薄切片，肥瘦相间的五花肉和翠绿的蒜苗同炒，起锅的时候撒一把酱豆儿，就是熏腊版回锅肉。肥肉煎得香脆，晶莹透亮，蒜苗软绵细嫩，绿油油的勾人食欲。鲜肉切片，用料酒、生抽、生粉拌匀腌渍，杭椒切块儿同炒，加几颗酱豆儿，就是我一个闺密最拿手的农家小炒肉。

每次放假都盘算着回去好好写作业，今天做什么，明天做什么，计划清单列得满满当当。但直到收拾东西返校，书本还是原封未动。尤其是在我妈炒了各种小菜的时候，更是后悔得肠子都绿了：作业带得太多，小菜就只能带少一点，否则上学路上实在太辛苦。后来学得乖了，回家除了脏衣服什么都不带，只有空空的背包和空空的饭盒。

有一回下雨，路上摔了一跤，手破了，衣服裤子上全是泥巴，本来没准备哭的，但看到炒好的酱豆儿和肉洒了一地，油花顺着雨水一路往下淌，突然鼻子泛酸，眼泪上涌。还好饭盒里还剩不少没落在地上，一起上学高我一届的堂哥帮我收拾好残局，承诺把他的小菜分我一半儿我才止住了哭。再后来上学，堂哥每次都帮我背着小菜，或者让他的哥们儿帮我背着书包。我初三的时候，堂哥升了高中，家里想着我上学没了伴儿，就给我转学去了另一个离堂姐家很近的镇上初中。2010年的时候，这个哥哥因为车祸离开了我。

现在，我在老家写下这些关于美味的文字，写下与美味有关的人，也写下我的思念。记忆真是太奇怪的东西，有些细节想避都避不开。你曾经说，等我结婚的时候要送我一份大礼。今年我结婚，你却不在了。

◆ 酱豆儿

焖一锅煲仔饭

冬天吃煲仔饭最好不过，热乎，一顿饭吃完碗底还是热的。有菜有饭有肉，再配个简单的汤，刷锅的程序都可以省了。

前几年上班那会儿，附近有个很大的农贸市场，各种绿叶蔬菜、鸡鸭鱼肉，叫卖声、还价声，一片鼎沸。旁边有家安静的煲仔饭馆，七八张桌子，湖绿色椅子，细花格子桌布。遇上高峰期，点某样菜的人一多，厨房材料不够，老板差人去转角菜场现买食材是常有的事儿。店员围着围裙，戴着套袖，拎着农家小摊自己做的香肠穿堂而过。手泛着油光，香肠也泛着油光，很是勾人食欲。

腊味双拼最常吃。川式香肠麻辣，广式香肠鲜甜。肠斜切成椭圆形，表皮肠衣微微起皱，透明，细腻。香肠的油脂渗入米饭当中，米粒也泛着黄灿灿的油光，空口吃一勺子米饭也香气四溢。溏心蛋刚刚好，底部的蛋清有焦边，筷子戳破蛋黄却不外流。勺子刚好可以挖起整个蛋黄塞进嘴里，滑腻，有很轻很轻的黏牙感。嗯，这种黏牙感也要空口吃才能体会到。两种口味的香肠交替着吃，麻辣咸刚过，甜味显得更加柔和爽口。青菜有时候搭配嫩菜芯，一咬汁水四溅。有时候是甜津津的生菜，被砂锅的热气蒸过，脆生不软绵。

吃到一半的时候让老板加碟辣酱，所有饭菜搅拌均匀，唯有底部的锅巴不动，让它们静静地变脆变焦。每次吃锅巴总会让我想起农村大铁锅做出来的锅巴饭。巨大的锅铲沿着锅底铲下去，一个翻身，带点焦黑的锅巴就上来了。饭后最喜欢拿着大块锅巴当零食，嘎嘣嘎嘣，像嚼铜豌豆一样响亮。不过一块多钱一斤的廉价大米，经过柴火灶、大铁锅一煮，变得格外美味。

后来小店生意变得很好，老板做一锅煲仔饭的时间越来越短。米饭当然不会是小砂锅现煮，而是一起煮熟后象征性地放在加热的砂锅里，再盖一层大批量炒好的菜码。亮晶晶的勺子很少能从砂锅底部翻出厚厚的锅巴了。再由于各种原因，我也就去得越来越少了。

有一年我舅舅生病，我去广州某大医院帮他递一份材料。完事儿后在一个商场旮旯里，吃过一份很地道、很用心的鳗鱼煲仔饭。那天下着雨，有几分寒气，加上心情不好，很想靠食物找点慰藉。档口人比较少，师傅戴着白帽子，穿着白袍子，很是那么回事儿。

白色的砂锅放入已经泡好的米，按比例加水、油、盐，开始焖煮。鳗鱼是已经烧好的，亮红色，油汪汪的。师傅切鳗鱼的样子很像《小森林·夏秋篇》里的女主角切面包的样子，尖小刀哪里像厨子，分明像搞雕刻的艺术家，小心翼翼，生怕损了鳗鱼的一个边角。饭煮到开小火的时候，调入料汁，师傅说这是产生好吃的锅巴的关键。切好的鳗鱼铺在饭上，饭的热气让鳗鱼吸收水分，释放鳗鱼汁，一点点渗入米饭里。我尽管看得入迷，关键时刻还是不忘提醒一句："锅巴多点呀。"师傅拿夹子夹住锅耳朵，侧着转动，这样周围的饭也就可以煎成锅巴了。

那是我唯一一次近距离看煲仔饭的制作过程。结婚后，老公也是煲仔饭爱好者。凭着记忆，仗着有点做菜的天赋，扬言要做最美味的煲仔饭给他。没想到第一次就失了手。表面的米还未断生，锅盖的气孔里已经冒出了煳味。

很沮丧，也不服气。花了一个下午的时间找视频，查资料，似乎找到了症结。放入生米之前，锅底要抹油；米和水的比例，最好按 1∶1.5 的比例；不能频繁揭盖；放入菜码之前，筷子搅动米饭以便透气；即使火势均匀，后期最好不时转动锅的方向。

我做菜一向不太爱受约束，也不喜讨论何为正宗何为山寨，好吃美味，符合个人口味为第一原则。所以做菜往往很随性，有时候甚至是手边有什么就放什么。但这次得例外了。

当我像小学生听老师的话一样，毕恭毕敬，每个环节严格按要求来的时候，加上菜码，盖上盖子，小火焖两分钟，听得滋滋的声音，关火，继续焖十分钟。我人生中第一份成功的煲仔饭诞生了。老公在一旁乐不可支，以后又省了一笔外食花销了。

技术娴熟后，就有了自由发挥的空间。煮米饭的时候滴两滴花椒油、一滴醋，米饭格外香软。菜码也不断翻新，豉椒排骨、麻辣牛肚、蟹棒土豆条，配菜滚个番茄酸汤、芦笋南瓜汤，也很够味。酸甜咸辣自由搭配，有种天下之大，任我驰骋的感觉。

去年很火爆的视频《一人食》，里面有一集港式煲仔饭，"老爷"清晨六点起床，半明半暗中泡陈皮、剁肉糜、摔打成胶，就为那口销魂的鸭蛋肉饼煲仔。一个人也要好好吃饭，这个"好好"，不单单是说吃得好，更多的是要讲究、不凑合、不瞎对付，像戴着白帽子的师傅、天不亮就起床的"老爷"那样，耐心煮一锅米饭，等水分渐干，热气蒸腾，等米饭结成脆香的锅巴。

连麦兜菠萝油王子都懂得这个道理呢："煲仔饭啊，耐小小。想快啊？炒粉啦。"

◆ 煲仔饭

一个啰唆的地瓜

　　大约半小时前，我穿着漏风的薄毛衣，蹬车去集贸市场买了七个地瓜回来。十分钟前，开始吃第一个。五分钟前，开始吃第二个。现在，很有满足感地坐在电脑前，套上暖和的毛毛睡衣，记下这幸福的瞬间。

　　我对地瓜的热爱随着冬天的临近几近狂热，狂热中带着胆颤和小心翼翼。眼看着摊儿上嫩白的小地瓜越来越少，心里就焦急：过了今年，又要等明年才能吃上了。一如对荸荠、莲蓬这些小吃，每次上市之前又惶恐又期待。莲蓬太娇贵了，早一天晚一天味道都有差别，更何况就那么短短的几天时间，不论你吃不吃，过了这村，就没这店了。

　　好在夏天刚过，莲蓬下市没几天，地瓜就开卖了。稍能弥补这中间的空虚和等待。而地瓜过了，要等好久好久才能到荸荠，得过圣诞节、元旦、春节、清明节……地瓜还有个很洋气、很好听的名字——凉薯。听起来就是水汪汪、凉飕飕的，降火消暑。凉薯之于地瓜，能让我有一种莫名其妙的欣慰感，就像每个西装革履的体面白领，被人叫着 William、Michael、Bob 和 John，回到村庄里的时候，依然是那个带着乡音的、熟悉的"宝柱"、"福贵"、"二狗子"和"狗剩子"。

对地瓜最初的记忆还在小河村。应该是一个夏天的傍晚，太阳下去，暑气渐消。我在小区对面的商场买了切片的盒装地瓜，回去用水冲一冲直接就可以吃。有浓烈的土腥味，但不像菠菜那般绵绵不绝在嘴里、肠胃里绕来绕去，地瓜干脆清爽，水分足，咬起来可以感觉到汁水飞溅，还有一丁点儿甜味。比荸荠更嫩，比香梨更淡，肉质酥脆，渣少。中立点说，"寡淡"一词再适合不过了。

先前买地瓜，我以为个儿越大水分越足。不想十一回家逛到菜市场，看到一个奶奶用竹筐装了好些土豆大小的地瓜在卖，一个个歪瓜裂枣，而且还比别处都贵。就是洗得白白净净，算加了几分。我想讨价还价，结果奶奶不买账，说："别人卖多少我不管，我的就值这价钱。绝对比他们的好吃。"呵，我一听来劲儿了，奶奶如此傲娇，想必一定有她的理由，于是买了一大包，还没离摊儿就忍不住开始剥皮。之前的地瓜不动刀是整不干净的，没想到这小个儿跟脱丝绸裙子似的哧溜一下干干净净，不带丁点儿皮屑。咬一口，有些恍惚自己在吃什么，竟找不到一个比喻来形容，从来没吃过这么脆、生、嫩的地瓜，满口生津，入口即化。立马回过身，在奶奶一脸得意的表情里挑走了她篮子里最小的地瓜们。奶奶得意地告诉我，别人种地瓜都在田边地角，旮旮旯旯里，舍不得用好田。她的地瓜种在土质肥厚的良田里，而且不施用化肥，都是家粪和烧柴火之后的天然肥料。"所以我的地瓜虽然个儿小样子丑，可味道好得很。"奶奶眉飞色舞的表情令她脸上的皱纹瞬间生动起来。

嫂子告诉我，地瓜放冰箱里一夜之后再拿出来吃，土腥味会少很多，水分更足更集中。我拿着一包地瓜回去，但冰箱塞得满满当当。我跟我妈说："可以把李子和苹果拿出来一部分，让我放地瓜进去吗？"她很鄙视地拒绝了我的请求，说："如果是其他的也就算了，搞这么多地瓜回来，你有毛病啊，没人会吃的。"后来我偷偷拿出来几个苹果，放了几个小地瓜进去。不到半天就拿出来解决了，边吃边对我妈说："我真的，这辈子没吃过比这更好吃的水果了。"她面无表情。

拿地瓜去讨好姐姐，她在我喂了她一口冰地瓜之后，看着满脸期待评价的我，笑着说，"是不错。"第二天跟我讲："其实味道真的好难吃，不想伤害你才说好吃的。"老公更是一副宁死不屈的表情，我撬开他的嘴才逼着他吃了一口，他表示很费解，为什么会有地瓜这种食物存在，更想不通为什么自己的枕边人会喜欢吃这么奇怪的食物。就这样，不费吹灰之力，我得到了所有地瓜的食用权，我们家再也不会有人跟我争了，统统都归我一个人。

好无聊，一个地瓜都可以写这么多。嗯，喜爱地瓜的口味，在很多人看来是他们无法想象和接受的。就像我可以坐在这里不顾天冷手冻，不顾还有那么多工作没做，只是为了写一个地瓜而已。好吧，其实我写的不仅仅是一个地瓜。但这也无法理解，通篇看下来，真的就只是写了一个地瓜。

◆ 地瓜

难 吃 的 腊 鸭 焖 藕

坦白说，我不是一个很合格的"吃货"。挑食，且对某些食物有着不可更改的偏见。细数一下，令我皱眉头的食物就有好多，诸如海带、豆芽、豇豆、胡萝卜以及莲藕。在某本我曾经爱不释手的杂志上，有一期美食专刊，写到湖北的莲藕和洪山菜薹，开头就是这样一句："不爱喝排骨藕汤的人，不能叫做湖北人。"登时我只能从鼻子里发出轻微的"哼"来表示我的不苟同。

吃，本来就是一个比较私人的事情，味觉在每个个体身上的表现都会不一样。可能我嘴里的苦瓜到了你那里，就只有黏着舌尖儿的苦而没有甘，我爱的鱼腥草在你那里就是令胃翻江倒海的土腥气。很多时候，我们打着"分享"的旗号，其实是无法忍受对方跟我们站在不同阵营。所以，我花了很长时间渐渐接受个体间的差异，也接受我的家人跟我有不一样的饮食喜好，也不再像个居委会大妈一样劝说别人去吃某样很健康但确实不太能接受的食物。中国那么大，吃食那么多，很多营养可以从不同食物中获得。这也就是我能理直气壮地写下这个题目的原因。

藕分两种：脆藕和面藕。脆藕适合炒或者卤，面藕适合煨汤。但也有人偏爱很面的卤藕。一般在我的味觉体验里，藕根本就是难吃。脆藕其实不叫"脆"，库尔勒香梨才叫脆，红富士水晶大苹果才叫脆，咔嚓一口像成熟的西瓜，水果刀刚划出一道印子，剩下的部分应声而断，才是脆。藕只是不烂而已。滑藕片被逼急了我还能忍着吃一两口，藕丁简直不想提，表面有调料裹着，越嚼越显出乏味的本色，口感较绵。面藕，也就是粉藕，因淀粉含量多，通常和肉骨头一起熬汤，似乎是很多湖北人的大爱，但真的没有爱到家家户户不喝藕汤就过不了冬天的地步。有人描述面藕熬到最后能吃出甜味，像高山土豆的味道。那干吗不直接炖一锅土豆来吃呢？遇上比较彪悍的主妇，切的藕块较大，一口吃不下，还会牵扯出长长的丝来，藕丝在嘴巴跟藕之间要断不断，再长些会直接扑到脸上，极不雅观，难怪藕断丝连是个贬义词。

再来说鸭肉，怎么讲，除了北京烤鸭的脆皮和片鸭肉以外，在我的餐桌上，它都像鸡肋，弃之可惜，食之不忍。鸭肉有一股不同于任何一种家禽的气味，肉质也不像走地鸡那般细密。腊鸭更不用说，熬汤不能像鸡肉独顶半边天；当腊味蒸来吃，又不像腊肉香肠之类老少皆宜。当腊鸭遇上莲藕，好比两个我都不太待见的人坐在一起，我可以名正言顺地远远绕道而走，不必为了其中一个稍稍去迁就寒暄一番。当然，像我这么矫情做作、任何事情都要找一个理由的人，肯定不会单纯地因为味道而这么明目张胆地来讨厌它们。讲个故事吧。

好几年前的事了，赶上周围的朋友三五成群地辞职创业。当时年少无知，好高骛远，经不起游说也加入到一群人当中。公司地点在很远的郊区，从市区得转三趟公交过去。最大的股东很会精打细算，对每个人每天的伙食标准掌控严格。那两个月里，我去得最多的就是兰州拉面馆。面馆开在郊区相对最繁华的地方，四周是正在建的高楼，各种工程车每天来来往往，一到下雨的时候，泥点子溅起老高。店里永远都是客满为患，刚坐下还没开吃，身边已经站了等位的人，很少能消消停停吃完面，喝口汤，永远像打仗一般。

我从刀削面吃到拉面，从大宽吃到韭叶，吃到毛细，再从汤面吃到炒面，一直到我宁愿啃白馒头加白开水也不愿意踏进面馆一步。直到今天，我对兰州拉面馆依旧处在一种"想想都够了"的状态。好不容易等到年关，我们思忖着按照那几个月的进账，应该能拿到不错的薪水跟奖金，并且可以吃一顿可口的年饭。然而并没有。

小年那天，下着雨。郊区很多餐馆都关门歇业回家过年了，兰州拉面也不例外。我们去到唯一一家还在营业的饭馆。是那种民用平房改造的，对开滑动玻璃门，门上贴着"欢迎光临"字样。门槽应该是被细小的垃圾跟不明颗粒物填住了，玻璃门拉开的时候有极刺耳的响声。没有暖气，风从门缝里嗖嗖灌进来。我背靠着门，吹得浑身僵透了。

点菜不民主，菜单仅仅象征性地在每个人手里传阅了一番，大股东一人包揽，全部搞定。我满心期待能热乎身子的火锅是菜单上锅类最便宜的腊鸭焖藕，末了还有人加一句："锅里加点胡萝卜。"鸭肉又老又硬，一筷子下去，上来的几乎都是见不着肉的鸭骨头。藕在灰暗的灯光下不太能看得出颜色。忍着鸭肉奇怪的味道夹了块藕，约莫是差点火候，还不太烂，扯出几根不畅快的丝来。胡萝卜硬邦邦的，激不起我半点食欲。席间没完没了的各种总结感慨，锅子内厚厚的油被风一吹都要凝住了，老板兼服务员加了一次次火，后来几近黑着脸催我们快点吃。作为一个以吃为头等大事的人，任凭我脸皮再厚，也架不住大家伙儿一个个放下筷子聆听人生教诲。也罢，菜不对，人也不对，不吃也罢。

合伙创业这事儿的结局跟饭馆当天的温度一样，冷冰冰的。不知道几个股东最后怎么分配的，我们几个小喽啰每人分得了几百块路费和象征性的一点奖金。具体数额小得我都忘记了，从来没好意思对外人提起。只记得腊月二十七回到家，被老妈奚落了一番，"小小年纪不知道天高地厚，以为创业是你创的吗？别被人卖了还替人数钱。"开年再上班的时候，我知道的几个人没一个回去上班的。大家再见面，也丝毫不会提及那几个月的经历。就像被我吃过的那锅腊鸭焖藕，一直存在在那里，可是不会再主动去吃它了。

◆　藕

芹菜香干盖饭

现在是晚上十点五十四分。我坐在桌边,一边敲着键盘,一边吃饭。对,是有菜有米饭的真枪实弹——芹菜香干盖饭,菜饭分开放,加很多辣椒。深夜进食,对于一个视减肥为自己毕生事业的人来讲,是大忌。

其实我想说的是,为了芹菜香干这道菜,我是可以暂时放弃我的事业的。

大三那会儿,课很少,整天窝在寝室里撒欢儿、唠天。早餐派一个代表下楼买,其他人继续待在被窝里,轮流值班。睡醒了起来,围着垃圾桶嗑着瓜子儿。或者准备一盒零钱,打一毛一盘的斗地主。等到中午,买六个人的午饭派一个代表已经无法胜任,两个人又嫌代价太大。有需求就有市场,外卖行当火了起来。记得那会儿,宿舍门缝里塞满了各种外卖店的菜单，"师生缘"、"学子情缘"、"同窗缘"等乱七八糟的外卖广告一个接一个，多是六到十块不等的小炒、盖饭，以及炒饭、炒面。

我们寝室直接短信点餐，六个人编辑在一条消息里，这样更省钱。我每次都点芹菜香干，然后要求编辑短信的人务必在后面备注：加超级多的辣椒。以至于偶尔电话打过去点餐，一听说寝室楼号和门号，再说有芹菜香干，那边老板自动加一句："哦，我知道，要加超级多的辣椒是吧？"这让我很长一段时间内颇为自得，有种"哎呀，你看外卖店老板都记住我了"的自豪感，直到有一天老板打电话给寝室最美的老二，要免费请她吃盖饭，我才知道原来是沾了她的光。

这种日子似乎持续了很久，哪怕老大有一次吃出了一只苍蝇，挑出来放在纸上拍照留念，还发了 QQ 空间（对，那会儿还没微博，也没朋友圈），以警示外卖店卫生堪忧，但我们依然热情不减。后来我们甚至起哄，让老二考虑下外卖店老板，这样以后我们就能吃免费的盖饭了。

芹菜一定是细细瘦瘦的水芹，西芹过于粗壮、块儿大，不容易入味。香干软绵有韧性，久炒不断，再加红通通的干辣椒，几口下来，满嘴火辣辣，嘴唇像被蜈蚣爬了一般，感觉又红又肿。吃到后面，碗底是一层有醋有酱油的汤汁儿，拌着饭和一和，像松重丰在《孤独的美食家》里，时常吃到最后要把菜汁儿和米饭搅拌搅拌，一股脑儿全扒拉下去。一顿下来，胃里畅快，肚儿滚圆。

从学校毕业后在某个城中村住过几年，小炒店到处都是，但几乎再也没吃到学校外卖店的那种芹菜香干了。要么香干切大条，寡淡无味，要么芹菜又老又硬，一嚼满口渣。加上小吃品种繁多，禁不住味美价廉的诱惑，东吃吃西吃吃，渐渐地，芹菜香干已经不再是我的保留菜品了。脑子里的那个味道，也似乎慢慢远了。

直到有一天，在一个很不起眼儿的巷子，要下三四级台阶后才能到的简单门面里，瞅着一个光着膀子招呼客人的大胖子，脖子上搭着白毛巾，边炒菜边擦汗。锅里烟熏火燎，店里热火朝天。直觉告诉我，这家似乎合我胃口。"老板，我要芹菜香干盖饭，加超级多的辣椒。"果真，女人对食物的直觉比对男人的直觉还准，从此一发不可收拾，大学里的那个味道又回来了。

于是，每个加班到筋疲力尽的夜晚，公交车上最能提起我力气的、最让我充满期待的，就是这碗芹菜香干盖饭了。香干用旺油炸十多秒，捞起控干，锅里再放少量油，加姜末、大蒜、干辣椒段，淋酱汁、醋，倒入切好的水芹，大火猛炒，倒入控过油的香干，少量水淀粉勾芡，掂几掂锅子，翻几个身，出锅装盘。依旧是饭菜分开放，吃到辣椒都不剩，只剩汤汁的时候，拌在饭里，吃个底朝天。

盖饭、盖浇饭，顾名思义，菜浇在米饭上。盖浇饭是在西周

"八珍"之一"淳熬"的基础上发展而来的。"淳熬"在《礼记注疏》的做法是:"煎醢(hai,三声,肉酱)加以陆稻上,沃之以膏。"大意是把肉酱做好加在米饭上,再浇上油脂,就成了"淳熬"。菜的汤汁渗入米饭,让每一粒米都裹上酱汁的味道。我却不太爱这种一开始就加足马力的,从头到尾米饭都成一个味道的吃法,所以每次都是饭菜分开放。

一口芹菜一口米饭,细腻的米饭配合芹菜纤维的粗粝感,有种"食草"的爽脆和健康;一口香干一口米饭,浓郁柔软的香干能在米饭的甜味过后带来强烈的满足感;红辣椒段拌白米饭,则有一种"不吃辣椒不革命"的豪迈感;菜已尽,饭未绝的时候,盘里的汤汁来个压轴大戏,汤汁充沛。不像最开始一盘菜配满满一碗饭,汤汁拌下去干巴巴意犹未尽。每一粒米饭将汤汁尽情吸饱、吸足,水润滑嫩,这边拉弓上架一鼓作气,仰脖呼呼啦啦往喉咙里倒,少了最初的细品慢咽,要的就是冲刺一般的畅快。

◆ 芹菜香干

油 辣 子

其实是想写写做油辣子的这个人。

放放是我大学同学。有一次他跟我讲，"放"这个读音在汉字里只有这一个字。我想了想，在我的认知里好像还真是。在动辄同音字、形近字的汉语文化中，找到这么一个独一无二的字做名字，他父母还真有文化。

说来也奇怪，跟他在学校时关系不是很熟，对他最深的了解就是班级聚餐上那个拿酒当水喝的人。反倒是毕业之后，居然一步步熟起来，最后成了铁哥们儿。

直接点说，一切都是因为吃。

最初是某天意外发现我们居然住在同一片小区。老同学见面分外亲切，就约了哪天一起吃饭。于是在某天一起吃了顿烧烤之后，再次意外发现我们在吃东西这件事上具备两个最大的共同点：爱吃且吃得多。自那以后，我们的社交活动便频繁而单一起来，那就是吃。

我见证过他一口气吃下九碗米饭的事实，就是那种白色瓷质消毒餐具的小圆碗，我亲自盛的。三个硬菜加一个干锅或者锅仔，外加一盆米饭对我和他来说也是毫无压力。他也坦白且试图措辞委婉地告诉我："好像还没发现哪个女生比你更能吃呢。"

我们吃饭通常上半场都很安静，两个人你不看我，我不看你，不说话，不交流，各自闷头吃。十几二十几分钟之后，才稍稍降低夹菜的频率，间或说几句话。到下半场的时候，就生理而言，我已经处于健康状态的七分饱，但感官上还没到火候，这时便以聊天为主，吃饭为辅。但在放放那里，三场之间差异不如我明显，可以保持大致相同的速度坚持到底。所以，跟他一起吃饭，只会越吃越有食欲，越吃越觉得食物甘美。吃自助餐尤其如此，几乎不用担心拿的食物太多，反正他会一并消灭掉。所以我不止一次地感叹道，放放真是我最喜欢跟他一起吃饭的朋友。当然，这也决定了我们见面的频率不能太密，大约一个月一次，否则即使我每天坚持游泳两个小时，也一定抵挡不住"噌噌"往上涨的体重吧。

难得的是，放放不仅爱吃，而且会做。会做的秘诀是胆大心细。第一次吃他做的菜，是一道让我永生难忘的青椒斩蛋炒葡萄干。我头朝下都不会想到的组合。鸡蛋蓬松有度，青椒口感脆嫩，葡萄干经两者水分濡湿，软和妥帖，一部分糖被鸡蛋吸走，微甜不腻，越嚼越有广式香肠的味道。问及创意来源，人家说："瞎做的，刚好还剩了点葡萄干。"瞬间被他豪爽大气的风范所震撼。

某年的冬天，我们约了好久的打火锅终于成行。鱼片成薄片，生粉、蛋清、料酒加盐调成糊状，下鱼片打个滚，装盘腌渍十来分钟。空当儿期间泼油辣子。大量蒜拍碎剁蒜蓉。放放说，拍散了之后再剁的蒜蓉比直接切成的蒜蓉要香很多，还整出一套我不太明白的分子理论。姜拍扁切丁，葱切花。盐、花椒粉、粗粒辣椒粉先一起拌匀，再依次均匀撒上姜末、葱花，最后铺上一层蒜泥。锅里倒入估摸着可以没过调料的油，炸至七成熟，倒入装着调料的碗里。蒜泥经过油炸且熟透，才没有熏人的大蒜味，所以放在最上层，吸去油的高温。待油渗透至底层的辣椒粉，才不会因温度过高而炸煳。

土豆切厚片，青菜直接手掐大段，超市雪柜里各种冻制的丸子、蛋饺、虾饺，再配上自制油辣子。一顿火锅我们差不多能吃三个多小时。粗粒辣椒粉比细辣椒粉层次更丰富，做蘸料也不易成糊状，不会大面积粘在菜上，提味增香，宾主相宜。

大火，汤底沸腾后下鱼片，待鱼片变白漂浮可调至小火。碗里放辣子、醋、香菜末，半勺儿汤调成蘸水味碟。夹起鱼片轻触油汪汪、红亮亮的蘸水，辣椒块粗粝的口感、鱼片的鲜滑柔嫩，大约能明白几分陆游"人间定无可意，怎换得玉脍丝莼"的妙趣。土豆片最后吃，煮到软烂，筷子轻轻一戳就能捣成土豆泥。拌上油辣子，糯糯的土豆泥夹着颗粒感的辣椒，或者在土豆片刚刚软的时候，薄薄地涂一层，过瘾得很。

几乎每次做油辣子，放放都会专门多做一些，吃完火锅往往还剩大半碗让我带回去吃。尤其是在后来我重新回学校，油辣子拯救了食堂千篇一律素汤寡水的生活。

油辣子放置一晚上，第二天最上面会沁出一层通红的辣椒油，煮面条尤其是鹅肠面，淋半勺上去，味道立马翻天覆地。学校条件有限，这辣椒油通常被我拌饭吃了（是啊，我爱吃米饭、蛋炒饭、肉丝炒饭、老干妈炒饭等一切米饭）。吃白馒头夹辣子通常得是辣度适中的辣椒，不然吃完一秒变香肠嘴。空口能嚼出甜味的馒头涂上辣子，入口是辣子的辣香，细品是蒜末和姜末的焦香，隐约还有葱花的味道，最后才是馒头的本味。一口气吃完才惊觉又麻又辣，舌头瘫痪一般失去了知觉。

学校有个紫荆园餐厅，卖酸菜鱼。中午拿餐盒打回寝室吃。尽管鱼片不成片，都是不规则的块状、末状。但我还是能耐心地一点点挑出来，蘸上辣子，吃得煞有介事。吃完酸菜和鱼，挑出沉在碗底的鱼骨，剩下的就是被鱼汤浸泡的米饭。搅上一筷子油辣子，鲜香酸辣，呼哧呼哧吃得鼻尖冒汗。

在武汉待了八年，记不得跟放放一起吃了多少顿饭，总之有很多次。不见他挑食也不见他厌食，似乎永远都在不紧不慢地吃。他还喜欢笑，笑得让本来就小的眼睛几乎看不见了。放放很细心。有一年夏天，我租住的房子里没安空调，他和他妹妹住两居室，便让我过去跟他妹妹同住。帮我擦席子，铺床单，切冰西瓜，拿冰酸奶给我们吃。他很疼她妹妹，时常聊着聊着就说："哎呀，要回去给我妹妹做饭了。""哎呀，我妹妹那天又带了一帮同事去家里让我做饭给他们吃，哎呀，一帮九零后屁事不懂。"

最初放放的工作是个谜，当然也有可能是因为我们在一起几乎从来不聊或者极少聊工作上的事。只知道他搞创作，写策划，几百或者几千地接些案子。有时候好几个月不联系，再问才知道出去玩了一趟刚回来。有一次好像是去了漠河，用那天炒葡萄干的痞子语气跟我感叹："擦，漠河极昼真特么拽。"有时候看他电脑桌面上神秘的文件夹，不抱希望地点进去看，果然都加了密码。

我每次写完文章后，第一个给他看。他会帮我指出哪里有错字，哪里顺序可以再调整，怎么表述才没有歧义。我问道："如果发到网上收费的话多少钱一篇比较好？"他说："五毛，或者一块。"我说："这么抬举我，太高了吧？"他说："不高，我每点击一次你就给我五毛或一块，很好哇。"

嗯，好像是还不错。

◆ 油辣子

吃米线看冷脸

　　正月已经接近尾声了，菜市场隔壁那家小四川米线馆还没开门。心里一直疙疙瘩瘩惦记着。

　　刚回家那几天，就发现经常去吃的"谭记米线"隔壁的隔壁，新开了这家"小四川"。本来我是个长情的人，吃惯了"谭记"，没想过要换，那天临到下班时间，"谭记"没有牛肉码了，于是心不甘情不愿地去"小四川"试试。

　　进门就很不愉快。两三个人星星点点坐在偌大的堂里，一个服务小哥正低头玩手机。约莫是帮厨的一个大妈和一个大叔在靠墙的桌子上聊得热火朝天。我点了米线，小哥头也不抬，我只好用大点声音再说了一遍。总算去做了。我平时很少吃海带，于是特地嘱咐了句"别加海带"。

上了米线，我有点炸毛，咕噜噜冒着泡的汤里分明就有海带丝。我提醒到："说了不要海带的。"小哥依旧是头也不抬，看都不看我一眼："不要海带莫得那个味儿，不好切（吃）。"一句话噎得我不知道接什么话好，愣了愣。就在我一根根把海带丝挑出来的时候，小哥若无其事地走过来，还是一副你爱吃不吃的拽样子，讲了句："你切嘛，试一哈就晓得嘞。"坦白说，吃了第一口米线，我的不满就消失了大半。

红油还在砂锅里继续沸腾，海带丝缠缠绕绕，随着汤起伏。将信将疑地咬一根，兴许是我海带吃得少，但这个真的跟别处不一样，海带腥味不浓，很软，但也不是煮过头的那种烂，软而有劲。牛肉码也跟别处不太一样，不是成粒的，是切成大片的卤牛肉，有卤料的味道，筋络分明，肉的纹路清晰可见。米线很长根，一根可以盘满小瓷勺，和带着点卤香的汤一起入口，细腻、筋道，米线外沿似乎还带了点胶质，浓香四溢。单喝一口汤，又有微微的酸味，果然，搅拌几下发现了已经被煮得没了形状的西红柿。

果然像我一样没节操的人很多，不出一个礼拜，"谭记"生意明显没以前好，"小四川"则顾客盈门，早晨去晚了都会没座儿。大家心甘情愿看着冷脸吃着热食。偶尔重口，想格外要碟辣酱，小哥会毫不客气地努努嘴："厨房有，自己去。"有次我感冒，胃口不好，想要小份的，他高傲地拒绝了，理由是不做小份。结果当然是我再次忍气吞声地吃完了整整一碗。

他家三鲜米线里的鱼丸跟别处也不一样，是可以嚼出小鱼刺、中间有很大气孔的鱼丸，一个对半切，每碗放三瓣。火腿我敢打赌绝对不是便宜的次品，因为有嚼劲，不会软塌塌。汤是奶白色，每次都喝得见底。鹌鹑蛋表面没有裂痕，形状乖巧，蛋黄新鲜。

几乎很少见到小哥笑，几个帮工也一样眼睛长在额头上，话少，行动迟缓。我每次都狠狠地想，下次坚决不来了，结果都是下回边吃边在心里讨伐这些没有服务意识的服务员。吃完抹抹嘴，心满意足，所有不快烟消云散。

有次忍不住想问问厨子秘诀，按照我的经验，一般厨子都很乐意被取经、被夸赞。哪知又碰了一鼻子灰。他很警惕地问："你干吗问这个？好吃就行了。"一副严肃的表情吓得我赶紧闭了嘴。

吃人嘴软，看来一般服务态度差但生意火爆的馆子一定有几把刷子。就像这家餐馆，吃碗米线服务员甩了我无数冷脸，却还让我这么心心念念，真是不易。

◆ 米线

阳台厨房和老黄瓜汤

  我住的房子临河而建，前门面街，从后门走到阳台，就是一览无余的潺潺河水。楼梯是悬空的钢架结构，走在上面，人们常戏言："这是江景房呢。"最边上的一楼是家美发店，二楼是员工生活区，后门开在楼梯转角处，一平米多的空地被利用起来，一个煤气罐、一只单眼灶、一个简易柜、几个锅子，就是一个微型厨房。

  每天下班回家，总会遇到扎着独辫子的姑娘背对着台阶准备晚饭，听见脚步声或者我手里钥匙叮叮当当的声音，回过头，甜甜地笑一声："下班啦。"姑娘的大脸因此显得更大了，宽宽的额头好像还会发光一样。闲聊的空当儿，我难免忍不住会瞥一眼锅子里的食物。

  有时候是蒜苗炒腊肉，肥瘦相间的腊肉，青翠欲滴的蒜苗，几块青红椒，闻着香味就知道肯定加了一勺子豆豉酱。有时候是咕嘟咕嘟煮得沸腾的火锅，冒着热气，要么是豆腐锅，要么是土豆锅，都是些易得的食材。有时候还没开始炒菜，只有切好的近半寸厚的五花肉，看着就让人头顶冒油的那种，砧板上有拍碎的姜、蒜，菜篮子里洗好的绿叶菜正滴滴答答落着水。

下雨，或者是天微微有些冷的时候，这个小厨房尤其让人爱恨交加。我鼻子天生敏感，还在一楼就能根据气味分辨出她是炒了青椒肉丝，还是腊肉土豆片。如果是蒸香肠的话最要命，肥肉多瘦肉少的香肠在电饭煲里同米饭一起出锅，米饭浸染了红油，爽滑Q弹，比香肠还好吃。

累了一天，原本疲乏得只想洗个热水澡赶紧躺下。阳台厨房像小闹钟一样，把体内昏昏欲睡的馋虫登时叫醒，前呼后拥，叫着嚷着喊"饿了馋了"。干燥的口舌像吃了四月里青青的梅子一样，满口生津，涎流不止。

跟姑娘熟悉之后，会厚着脸皮多停会儿，真就为了闻闻香味，看看他们今天吃些什么。姑娘很不好意思："哎呀，我们吃得很随便，都不是什么好菜。"几个回合下来，也发现确实都是家常菜，无非肉、土豆、白菜、青椒、鸡蛋之类。做法也有几分彪悍，白菜直接手撕大块儿，土豆切条的时候粗的粗，细的细，大小不一。有的时候几乎看不出手法，既不是滚刀切，也不是四刀切。肉更不讲究刀工，厚得矜持的女生应该不太好意思伸筷子吧。可就是这些粗糙的、有着浓浓烟火气息的食物，让我欲罢不能，甚至想脸皮再厚点求姑娘加双筷子加个碗收了我。

亦俏在她的一本书里写过，"劳动阶层的香味让人觉得特别有安全感，庶民吃的方式则让人觉得格外爽快抵胃。"深有同感，尽管我也不是什么高级货，可面对那些烹煮方式原始得毫无技巧、形态大咧、毫无美感的食物有着一种天然的好奇心和亲近感。味蕾会自动变得敏感，搜寻起一切关于它们的味觉记忆。

有一回跟朋友在江西旅游，走小路，宿农家。晚饭是老婆婆特意为我们做的伊府面。面条精致，土鸡熬制的汤，香菇切丝、葱切花，一切都很完美。就在我们吃得正嗨的时候，老婆婆自己的晚饭也开始了。院子里快老掉的黄瓜随手摘下，很敷衍地用水冲了冲。黄瓜对半剖开，挖去瓜籽，切大块儿，拿一口黑乎乎的铁锅，放一点猪油、一勺辣酱、几片干巴巴看不出成色的酱菜，少盐，大火猛煮。等到蒸气快顶开锅盖的时候，婆婆用小碗盛了米饭，直接对着铁锅里煮得软烂的黄瓜，一口米饭一口瓜，再一口汤地吃开了。

后半段我一直处于强烈的挣扎当中，要不要让婆婆给我吃一口她的菜。要不要，要不要，会不会太丢脸？最后理智占了下风，我几乎是讨好卖乖地端着碗跟婆婆要了一块黄瓜。结果是我跟朋友连汤都喝得一滴不剩。怎么讲，套用那句大俗话，从此以后我真的再也没吃过那么好吃的煮黄瓜。内里又软又烫，夹在筷子上颤巍巍的，一抿就化。瓜皮因为老，嚼起来有渣，配一口汤，渣渣会散开，趁着粗粝感还未离去，赶紧吃口热热乎乎的米饭，真是时而上天时而入地，升到云霄又扎进海底。最后来点儿已经看不出形状的酱菜，微酸，有绵长的回味。婆婆说，这个是用油菜成熟后快枯萎的底叶做的，言谈间有点不好意思。她对我们无限垂青她煮的黄瓜汤有点意外，当然也很开心，皱纹笑得又多又深。吃完饭我们加钱给她，被坚决拒绝："又不是什么好菜，哪还能收钱。"

为什么这些大块粗糙的食物这么诱人？为什么阳台厨房里的食物这么让人念念不忘？哪怕我用相同的材料，甚至相同的方法，却总觉得做不出阳台上闻到的那个味儿。莫非，我真吃的不是菜，而是情怀？或者应了那句"自己家的铺好睡，别人家的饭好吃"吧。

◆ 老黄瓜汤

新疆小记：大块吃肉大碗喝酒

我第一次去新疆是 2009 年冬天。

正是"七五事件"过后不久，机场、车站全部戒严，三步一岗，五步一哨。现实生活中第一次见到这么多真枪实弹的兵哥哥把守，很是激动。

飞机到乌鲁木齐是半夜十二点，室外零下二十多度。围着围巾、戴着口罩出去晃一圈儿回来，骨头缝里都冻住了，呼出来的气沾在睫毛上，变成齐刷刷白色的睫毛膏。去到目的地还得坐十二个小时的长途车，我跟来接我的哥哥找了家餐馆，决定先填饱肚子，增加点能量再出发。

我点了一份羊杂汤，一份拌面。端上来的时候，着实吓了一跳。碗比我家盛菜的青花大海碗还大，汤跟我平常喝的汤汤水水不一样，筷子下去汤花不会荡起来，完全是不带半点虚假的一碗干货。羊肚、羊肝、羊腰花、胡萝卜、洋葱块儿（洋葱不叫洋葱，叫皮鸭子），冒尖儿的干货中间还顶着点香菜段子。我心想老板真是实在人，这哪叫喝汤呢，分明是吃肉。拌面，也就是哥哥口中的拉条子，更霸气。盘子怕是有中号洗脸盆那么大，满满一盘子面泛着油光。配菜更让人咋舌：白菜、芹菜、茄子、豆角、洋葱、胡萝卜七七八八一大堆，再加上能清晰看见纹理的大块牛肉，光是看看就觉得头顶芯儿都饱了。哥哥说，一碗拉条子下去，可管一整天，经久不饿。

拉条子维吾尔语叫"兰格曼"，是陕甘宁地区的拉面技术和新疆肉食习惯相融合的产物。一盘拉条子，菜和面都有了，营养与热量兼顾，少去杯碗盘盏跟汤水酱料，确是非常符合新疆人的饮食习惯。环顾店里，维族妇女大都体型彪悍，老爷们儿自不用说，生得牛高马大，大盘子、大碗这厢对比起来，似乎也不觉得大了。偶有一两个年轻貌美、体格苗条的女生，吃起面来倒也不含糊，连汤带肉呼啦啦下去，一抹嘴、一抬脚，妖娆而去。

再次被新疆食物的气场所震慑是吃馕坑肉。简直就是烤肉中的巨无霸，当年卖五块钱一串，肉块大而筋道，羊肉香气阵阵扑鼻，串肉的扦子怕是比我胳膊还长。肉呈焦黄色，油亮生辉，咬一口是扎扎实实的肉味儿，而不是调料味儿。我很不好意思地想把肉块从扦子上撸下来放盘子里吃，哥哥很不屑，两腿叉开，挽起袖子："这才有大块吃肉大碗喝酒的感觉。"平日见惯了苍蝇头似的烤羊肉串，还得琢磨形迹可疑的"羊肉"来历，这会儿顿时有如英雄好汉附体。梁山泊下南山酒店，林冲问有什么下酒菜，酒保说有生熟牛肉、肥鹅、嫩鸡。林冲让"先切二斤熟牛肉来"。酒保"铺下一大盘牛肉，数般菜蔬，放个大碗，一面筛酒"，林冲连喝了三四碗。听听，听听，大盘牛肉、肥鹅、嫩鸡，金黄的鹅皮，外酥内软；咔嚓一声响，手撕下鸡腿儿，再夹一筷子牛肉，狠狠嚼，油花都要从嘴角溢出来了，赶紧闷一口酒下去，洪七公当年吃那枚鸡屁股恐怕也不过如此。

同样用馕坑烤制出来的面食——馕，也颇具新疆特色。据说它有大概两千年的历史，在新疆的每个城市都有专门经营烤馕的小店，啤酒加烤串再加馕，是不少新疆人夏季宵夜标配。回程路过乌鲁木齐，邀了一个维族女孩陪同在大巴扎附近逛了逛，一路上大胡子男人和深眼窝女人看着我们，竖起拇指，咿咿呀呀讲着什么，女孩翻译说："称赞我们'民族大团结'来着。"

快到下午的时候，饿且累，想吃点地道的，又能饱肚子的食物。她带我去到一条维族人开的美食街，找到一家卖馕的店。并不是旅游旺季，但买馕的人还是不少，一个七十多岁的爷爷拿着大白布袋子，一口气买了十几个，厚厚一摞，估计可以供一家人吃个把星期没问题。

制馕的过程有点类似我见过的梅菜扣肉饼和公安锅盔的做法。

揉一团固定大小的面团，等面团逐渐呈中间薄边缘厚的饼，形成胚子，再用一种专门打馕的工具给胚子中间印上花纹，有点像老家做烤饼用的模子。给扎了花纹的饼抹油和芝麻，最后就是贴馕饼，手掌半倾斜托着饼，胳膊伸进馕坑，大饼"啪"的一声贴上去，一托一伸一拍，动作敏捷，一气呵成。根据客人的要求，一部分馕饼会被专人切割成小块儿。也是，娇羞如我，怎好意思捧着比我脸还大的饼子当众啃食呢，搞不好腮帮子上全是芝麻和油渍了，有违我的美好形象。空口吃馕是个力气活儿，略干，边缘较厚，凉了会变硬，吃不了一会儿我下颚就卡住了，只能切成更小块儿，小口小口装淑女。加之芝麻给得足，真是吃得又累又停不下来，所以一定要记得配一碗奶茶。个人喜好，奶茶香而腻，我一般选择配老酸奶。自制酸奶成本较低，简直可以敞开肚皮吃，大勺子挖起果冻样的酸奶，或是馕块儿直接蘸着酸奶，冰凉爽滑，可谓刚柔并济，阴阳相依，万物皆和谐。

　　时间有限，在那儿只待了大概一个礼拜，加之天气太冷，绝大多数时间窝屋里烘暖气不敢出来，所以没能吃到正宗烤全羊、油塔子、皮辣红、那仁……从新疆回来后的很长一段时间，我沉迷在大块肉大碗酒以及大张饼的记忆里出不来。后来看了李娟《阿勒泰的角落》，她笔下的新疆又美又细腻，像在写温柔的水乡：让小河的水漫过脚背，让冬天的风吹着脸颊；她跟小店的顾客讨价还价，跟司机谈恋爱；她在厨房拉着沾满香油的面条，细致地准备晚饭；她劈柴、烤火，像海子一样，虽然面朝着沙漠，却感觉到春暖花开。实在无法想象李娟会吃大片散发着无法言说的膻味的马肠，干掉整张馕饼。

　　直到她写有毒的野胡萝卜，写家兔红色的眼睛，还写窗台上的酢浆草：怎么养都养不死，乱蓬蓬一盆子。这哪是写野草呢，分明是写人。那些我在店里遇到的、路上瞥见的，大盘拉条子吞进去、大口吃着馕坑肉、大碗喝着奶茶、大袋子扛着馕饼的大叔大爷大姑娘们，各式各样的表象下，一股生猛的、跳脱的、活泼的力量挡都挡不住。

　　看来无论是馋鬼、吃货还是文艺作家，都能通过不同的方式来领悟生活。不过，这还是无法抵挡我对烤全羊、手抓饭的想念，是时候再去一趟了。

重庆以及泡菜猪肝面

　　旅途中的食物总是能多几分食物以外的东西。在重庆吃过一碗泡菜猪肝面，让我这个本来对面食无感的人一直念念不忘。

　　还在学校的时候，跟几个小伙伴一起做过一本杂志，当时正是杂志创刊十年，于是我们做了期特刊，回访此前一些很经典的报道，其中，重庆万州的三峡移民是选题之一。我和另外一个同学负责再去那里，寻找当年报道中提及的地方、人物和事件，看看他们都怎么样了。

　　万州有个武陵镇，是采访地点之一。离市区有点远，来回约五小时车程。六点多起来坐车，辗转到达已经是中午。一条两边长满小叶榕的道路，垂下密密麻麻尖部带黄的根须，很多或紧闭或拉到一半的蓝色、青色、灰色的卷闸门，让那个初夏的正午更显得沉闷。

早晨吃了点面包就白水，我跟同伴又饿又累。街道几乎都不是平路，沿江而上一路都是小坡，爬了大概半个小时，在一条十字路口处，看见一家开着的小门店。门口七七八八摆了几张桌子，有几张桌子都快到马路上来了。黄色的木头桌椅泛着油亮的光，桌面上放着筷子筒、纸巾筒，还有几个小瓶罐，应该是酱油、醋一类的东西。在门外站了几分钟，不见有人出来招呼，于是小心翼翼问了句"老板在吗"，毕竟人生地不熟，低调为好。出来一个长腿肤白的姑娘，说是姑娘，是因为实在看不出来人家年龄，面相看起来二十二三，一说起话、干起活儿来有三十出头的干练。店里除了面没别的吃食，我略微有点失望，好赖着点了碗猪肝面线。

大瓷碗端上来的时候卖相出奇的好，一下让我胃口大开。红油、白面、绿叶儿菜、土色猪肝、酱色泡菜搭配有致。特地嘱咐加了超多辣椒，筷子撇开油是筋道的面条，猪肝嫩而鲜。泡菜尤其爽口，不像街边透明玻璃档口桶装批量生产的工厂泡菜，要甜不甜，要酸不酸，颜色美得不真实。碗里的白萝卜条被面汤汁浸过，初入口是咸香，紧接着一阵地道的酸，酸中带麻香。泡红椒的麻香过后则有一阵微辣，正当鼻尖沁出汗珠的时候，又吃出一丝辣椒本味里的甘甜，种种滋味结合在一起，很好地中和了红油的腻，丰富了面条味道的单一。吃到一半，忍不住问老板再加了一筷子红椒和萝卜条，酸辣过后挑一根爽脆的空心菜，满口溢香。有点庆幸，还好生在湖北，如果是在重庆，按照我这种吃法，泡菜搭配粉米白面，我应该是个货真价实的大胖子。

对于重庆四川一带的人来说，泡菜不单单是餐前小菜，也是一种难于割舍的情结，更是一种巴渝饮食文化的积淀。在重庆，似乎人人都有吃泡菜的习惯，而每家每户厨房里，泡菜坛子是必须占一方领土的。美女老板告诉我们，她店里的泡菜也是自家泡的，成本低廉，干净卫生。制作工序十分简单，先备上一坛子盐水，取一碗老坛泡菜水倒入新坛里做接种用，这个步骤很关键，老坛水关系到新坛水的质量。大学寝室有个重庆妹子，她说当年她外婆出嫁，陪嫁之一就是一坛子泡菜水，祖传下来的，越陈越香，是厨房的镇室之宝。过去很多人家把能不能做得一坛子好泡菜当作一个好媳妇的标准之一。敢情像我这种做泡菜从未得手的女人，应该是会被婆家天天唾弃的吧。

将任何可以泡的菜洗净、晾干，一点水渍都不能有，不然泡菜坛子容易长白霉。从萝卜、卷心菜到仔姜、海椒，到黄瓜，再到胡萝卜根，切剩的菜头，都可以。放入坛水中腌渍短则一两天，长则三五天，就可以开坛尝新了。所有的泡菜中，我最爱的是酸豇豆。说来奇怪，豇豆炒来吃我最不待见，不像四季豆软绵敦实，豇豆又瘦又长，吃起来干瘪无味。但用来做泡菜真是一流，酸得特别彻底，可以瞬间让人打摆子。泡好的豇豆，深绿色变成黄绿色，切成小丁

拿来佐粥，尤其是熬得米粒开花、米汤黏稠的白粥，整个早晨因此
生机盎然。或者同肉末香干丁炒成外婆菜，是下饭神物。

　　旅途的疲惫被这一碗面差不多消解殆尽，余下的采访出奇的顺
利。街道办主任是个皮肤黝黑的中年男人，带着我们走访了移民小
区，还去到江边指着滔滔江水，告诉我们哪些曾经是居民住宅。听
一个打铁的师傅讲他及他整个家族这二十多年的过往，末了还非得
留我跟同伴吃晚饭。婉拒铁匠师傅的好意，坐上回城的汽车，路上
依旧是蜿蜒的盘山公路，大片绿色的庄稼被汽车卷起的灰尘甩在后
面。远处是平静而昏黄的长江水，以及偶尔路过的沙船。对着曾经
是人们的生活之地的宽阔江面，我们拍了不少照片。还打趣道，如
果跳个湖啥的，会不会跳着跳着，就落在了某家的楼顶上。

（重庆火锅）

到了市区，已是华灯初上。去吃了顿正宗的重庆火锅，碗大筷粗，大号的脸盆似的火锅端上桌时，火辣辣的气氛便随着越烧越旺的底料热烈起来。吃到忘情时，原本矜持的同伴也毫不谦让，卷起袖子，伸长了胳膊在火锅里"打捞"。作为一枚忠实的火锅粉，我不辱虚名，除了平常的标配，黄喉、毛肚、鸭肠、血旺、小酥肉一样不落，还生平第一次一个人吃下一整副猪脑花。

重庆火锅的起源听起来就叫人流口水。川江之上还是柏木帆船的时代，这一带的船工统称为"桡胡子"。歇船的时候，桡胡子们找一片开阔的滩涂，用大卵石垒成灶，再捡些石缝里夹着冲来的柴火，架起铁鼎罐，放进各种食物一起煮了吃。等食物快吃完的时候，就着上顿的剩汤剩水，放些豆瓣酱和老咸菜，撒点花椒面儿、海椒碎，熬一锅麻辣味儿的油汤，围在一起涮白菜帮子、土豆片，再喝一两口老白干，夏季解乏，冬季驱寒。就这样，桡胡子铁鼎罐里熬着熬着就演变成了现在的"重庆火锅"。幕天席地，江水声声，星光闪烁，现在看来真是又浪漫又诗意。

对了，那天的后续是吃完火锅在大街上闲逛，路过夜市摊，看见有"格格"，忍不住点了一份，后陆续吃了毛血旺、冰粉……总之到旅馆的时候，肚子快要爆掉了。

还有个很有趣的发现，这个名副其实的山城，楼房一栋高过一栋，走近了才知道，是楼房本身建的地势高而已。走在路边，随便一扭头就是急转而下的台阶，再一百八十度转头过来，往上也是望不到头的阶梯。去火车站的时候，兜兜转转不知道下了多少步台阶，拐了多少个弯儿，走几步就得问个路，一位大叔还在我们走错之后又追上来告诉我们应该怎样走。走这种路很有意思，就在我以为已经到底部的时候，前面兀的又出现一段陡坡，探头望下去，小小的火柴盒样的房子像武侠小说里谷底隐秘的桃源，只有厨房间外油乎乎的换气扇和窗台上绿色的小盆栽让我意识到，它们在这里很久很久了。脑海中一遍遍想起那句"明朝深巷卖杏花"，不该有个姑娘，踩着踢踢踏踏的凉鞋，拎着篾黄竹篮，装着带有露珠的花朵，轻声问一句"要不要花"吗？

卖杏花的姑娘没见着，遇到好几拨卖菜的大叔大婶。各种菜摊东一处西一处，胡乱堆放着，很多人过来挑挑拣拣，摊主或蹲或站，跟旁边的人聊着天，有人过来，指指摊子："自己挑，自己挑。"这气场跟重庆还真配，就连拐角处的三角梅也是如此，挨着挤着，开得吵吵闹闹，快要从枝头掉下来。

◆ 泡菜

苦逼久了加点糖
——广州的早茶、甜点

　　因为工作原因，2011 年春在广州待过一段时间。我一向喜欢吃辣的，来这几个月，几乎将口味颠倒了过去。走的时候，广州的朋友不知是惋惜还是替我庆幸："这下可吃不到正宗早茶了。"我答："是啊，再吃下去嘴里要淡出鸟来啦。"

　　刚来广州，并不顺利。言语不通，人生地陌都是阻碍。上下班在天河，每天高跟鞋走在高楼大厦群里，虽然只是短暂驻足，也忍不住默默感叹大城市的疏离感。一开始广州给我的感觉，和其他一线城市无二，这仅仅是个工作的城市，到点下班收工，给我薪水养活自己。

　　然而结局当然不止于此。来的第一个月忙着熟悉环境，第二个月我就在新朋友的带领下，像禁欲期满的青年，满城找猎物。毕竟食物才是最诚恳、最真挚的慰藉，更何况人人皆知"食在广州"，我哪有那定力坐怀不乱，面色不改。

几圈逛下来，最爱的是广州早茶。也可能和那时的心情有关，进进出出大多是一个人，多少有点凄苦，原本不爱吃甜食的人，突然感觉当胃里甜甜的时候，心里似乎也苦不到哪里去。

喝早茶最开始是偶尔一次，到后来已是每周必去的，像是在赴一个与自己的约会。

都说喝早茶一定要去越秀区，要在上下九附近，找一家老字号。我常去的广州酒家，莲香楼就很好。十点多去，点上一壶茶，配上早茶的重头——各色糕点，一个人慢慢尝，管他明天与将来，我只在乎此刻，吃饱了喝足了，走出大门还是一条精神倍儿棒的女汉子。在这里可以看到很多常来喝茶的老广。老年人居多，穿着白衬衫，鹤发童颜的老爷子，夹着一卷当天的报纸，戴上老花镜，边品茶边看报。整份报纸细细看下来，茶已两巡，点心吃得差不多了，时间也过了正午，再慢慢踱步回家。在茶楼，好像时钟被拨慢了很多。

早茶是广东人特有的饮食文化，清朝时期在广州盛行。相传源于同治时期华人买办的一时灵感。当时，有华人买办在招待西洋人用早餐时，出于礼节，不方便独享中国大餐，又吃不惯西方人的牛奶加面包，灵机一动，便中西合璧，取两者之长，用红茶与糕点、点心代替，由于糕点、点心不难买到，快捷方便又适合大众口味，

（虾饺皇）

很快便成了时尚，并加入多种食品普及到大众化了。

　　所以，早茶的主角可不是茶。对我而言，每次搭10站地铁过来拿号等位也不是只为了喝茶。早茶里的各种点心才是我的最爱。旧时广州有句说法，叫"喝早茶要一盅两件"。即一壶茶，两份点心，算作早茶的标配。不过两件对我来讲当然是不够的。

　　每次来，必点的是虾饺皇、流沙包和艇仔粥。皮薄到可以看到虾仁层叠纹路的鲜虾饺，一口咬下来满口醇厚甜香的流沙包，配料丰富、软绵黏腻的艇仔粥，再配上一壶清甜适中的菊普茶。闲闲地自斟自饮，在暖湿的晴天，找个靠窗的座位坐一上午，真是马尔代夫游都换不到的悠闲。

　　虾饺皇，顾名思义就是饺子馅儿是一整只大虾仁。广州靠海，海鲜之类的食材既新鲜又丰富，所以虾饺皇就好吃在虾仁的新鲜。Q弹肥美的鲜虾仁，小拇指大小，整个包裹在薄如纸的饺子皮里，鼓鼓的，透出淡淡的粉色。一口下去，满口鲜香。好的虾仁，鲜嫩有弹性，外皮粉红，内里嫩白，咬下去应该又脆又弹。这就是广州的优势，在内地要市面上所有的海鲜食材都新鲜就有些困难。

流沙包则是著名的甜食，是粤式茶楼中常见的一款点心，因其颜色特点，也有人称之为金沙包。本不喜甜食的我临幸它主要是被它的美貌所俘获。流沙包味道甜中带咸，主要制作原料是蛋黄。最好的味道当属刚刚出锅的流沙包，捏开包子，金色的内馅儿像流沙一样流出来，白的雪白，黄的金黄，灿灿的内馅儿很是讨喜。流沙包的精华在于甜馅儿之余加了蛋黄，甜度被中和，又丰富了口感，调和之后有点像蟹黄，算得上是我最爱的一款甜食。对于甜食来讲，如能做到甜而不腻，甜中带有醇厚的口感，那简直像一个8分美女，凑巧又非常会化妆，整体实在太加分。

艇仔粥则是一款分量较大的主食。主要配料很丰富，有鱼肉、瘦肉、油条、花生、葱花，有的也加入浮皮、海蜇、牛肉、鱿鱼等。在广州任何一家肠粉店、喝早茶的酒楼，都是不可缺少的。之所以叫艇仔粥，是因为早年的广州，每逢夏日黄昏，不乏文人雅士及各方游客在河边游玩，游河小艇穿梭往来，其中有艇专门供应各种粥品，故称"艇仔粥"。如果岸上或另一艇上游客需要，粥艇上主人便一碗一碗地把粥品递卖过去，很受欢迎。艇仔粥料很多，再配合广州大火"生滚"的煮粥方式，使粥变绵软。水和米充分协调，只见绸绵的粥，而不见米粒。再加上配的适当的花生、瘦肉等辅料，葱花提味，一碗喝下去，口感香浓，胃里也很满足。

　　这样丰富的一顿早茶，到后来很长一段时间成为我的生活方式之一，直到现在也是我脑中对广州最直接的记忆。现在想想，喜欢喝早茶，美食自当是主因，这种忙里取闲，闹中取静的生活态度也实在难能可贵。甜品需要清茶调和，生活也一样，觉得太忙了就给自己放个假，觉得苦逼了，那就加点糖咯。

◆ 云片糕

涠 洲 岛 的 海 鲜 粥

　　天涯论坛上曾经有一个热烈讨论最没有存在感的省会城市，有人提名河北石家庄，可是万能青年旅店的那首《杀死那个石家庄人》实在是太带感，提到石家庄，大家都知道是万青的老巢；而山西太原也马上能联想到煤老板；直到广西南宁出来，大家都默默不吭声了。莫名其妙地，我决定去广西看看。

　　旅行铺垫显然有点长，真实的重点是听到广西涠洲岛是全中国最好的吃海鲜的地方，我知道时候到了。出行前我约同伴：

　　"去涠洲岛吗？"

　　"是哪里啊？安不安全？车费贵吗？有青旅吗？要多少天啊？天气热不热啊？"

　　"全中国最好的吃海鲜的地方。"

"走。"

那时候涠洲岛正在被开发，我们住在岛上一个村长的家里，无敌海景房，一眼就能看到北海。涠洲岛比我想象的要大很多，有一种原始野蛮的静谧，不像在东海普陀山那样佛光普照的平静，也不像是三亚的休闲度假岛，开发得厉害，处处透着规整又便捷的人工感。这种静谧是原始不经雕琢的，是粗暴而艳丽的。

上岛之后去的第一个景点就是海鲜市场，涠洲岛的海鲜价格跟海产品季节、天气好坏能不能出海、游客需求等都有关系。一般来说秋天盛产时最便宜。我们去的时候是夏末秋初，八月底学生暑假潮已经退去，处在整个旺季时段的末尾和吃货季节的初始，不早不晚刚刚好。

涠洲岛吃海鲜不用下馆子，在海鲜市场买好了自己想吃的食材之后给店家加工，就称得上完美了。这里的扇贝、花甲、蛤蜊不到十元一斤，生蚝两块一个，鲍鱼四块一个，皮皮虾得要三十五一斤，螃蟹是五十元一斤，贵一点的石斑鱼或海参也只要六七十元一斤，便宜得你都不想使用惯用伎俩来讨价还价。

我们第一餐买了花蟹、生蚝和皮皮虾。挑选海鲜的技巧是要挑漂亮的，就是那种自带美颜高光，有闪闪光泽的虾蟹贝往往是最有肉肉的。兰花蟹是涠洲岛较常见的品种，雄性是深紫蓝色，雌性是茶绿色，都带有不规则的浅蓝色及白色斑纹，个头能长到近二十厘米，一个重七八两，螯夹力大，脐部饱满，腹部雪白，纹路深而厚实，俗称花蟹。生蚝买了在水里看着干净的六只。海虾有皮皮虾，学名叫"虾蛄"，外壳与虾肉紧贴成一体，用手按虾体时会感到硬而有弹性就对了。涠洲岛的传统做法是最原汁原味的清蒸、水煮，重口的朋友选择加点辣椒做成姜葱蟹、蒜蓉生蚝和椒盐虾。

有幸遇到了传说中全岛最会捕鱼的渔民，我们叫他洪叔。洪叔的魅力在于，你很少看到一个自由不羁的浪子有着如此低调沉稳的男人味，他给这个世界的暖意是有距离但丰富的。洪叔躺在饭桌旁的吊床上，一边聊天一边发呆，等我们吃完，就把手电递过来说："走，跟我去捕鱼。"

（ 海鲜粥 ）

八九点的海边天已经黑了，没有路灯，只有月光。

洪叔是黝黑精壮的，他一人扛着渔网就游向了海的远方，说好的一起捕鱼不过是我们拿着手电在岸边等他。

坐在海边，看着那海上摇曳的微风兀自行走，通向地平线，不断地迎向浪花，不断地与浪花刹那错肩，白发婆娑，时针蹉跎，凝固了我的全世界。目之所及，只看得到茫茫一片海水，大海此刻的宁静也只属于我，不用去想正在和谁擦身而过。

就这样，等洪叔回来，第二天的早餐海鲜粥有了最新鲜的原材料。

海边波光疏疏泛起，漫天星光飞旋斗移，第一次觉得月落比日出更美。

海鲜好，海鲜粥自然就香滑好吃，食材一直是美食最有力的基础。大米淘洗干净，放入砂锅浸泡两小时，水中加少许盐和几滴香油拌匀，粗暴的大火烧沸。这边螃蟹洗干净，揭去蟹壳，去掉蟹鳃，斩切成小块儿；鲜虾去虾线，贝壳洗净，加小勺白酒和少量盐略拌。转小火，将大米煮至黏稠，虾蟹贝入锅，小火熬煮 10 分钟即可关火，出锅前撒些葱末、姜丝，加入少许盐和香油。忍住你肚子里的馋虫，擦下快掉出来的哈喇子，别急着掀盖开吃，盖上盖子，冷却一下，让粥形成"粥油"，即粥面上浮着的油汪汪、亮晶晶的东西，可谓一锅粥的精华所在。米和水融为一体，鲜虾、鲜蟹 Q 嫩弹牙，香软滑腻。冯贽在《云仙杂记·防风粥》记载："白居易在翰林，赐防风粥一瓯，剔取防风得五合馀，食之口香七日。"一碗粥吃了能香七天，怕只有海鲜粥才有这等魔力吧。

村长家的儿子十七岁，一出生就在岛上，岛上的女孩子想出去可以外嫁，男孩子要继承家业就被困在了岛上，左右出不过南宁北海。我们要离开的时候，他期待地说道："姐，你给我介绍女朋友吧，我长这么大都没谈过恋爱啊。"

我抵抗不了名字带"少年"的电影，导演理查德·林克莱特花了十二年时间完成将近三小时的流水账少年纪录片《少年时代》是真实而最具有时间震撼力的；《少年斯派维的奇异旅行》的童话画风和天才人设是有趣的；《五个扑水的少年》是夏天一定要看的日本青春片，那个太阳特别大，光线特别亮，大家都特别大声地唱着闹哄哄的歌。最爱的少年还是不会换自我介绍只会那一招的"我叫张士豪，天蝎座，O型，游泳队，吉他社"。那个夏天天那么蓝，海那么静，风那么柔，十七岁的少年穿着花衬衫，路口的绿灯亮起来，自行车动了，青春迎风飞舞。

而眼前这个十七岁的少年，觉得自己被困在了岛上。我们何尝不是被困在一个城市，可是幸福的也许就是这些存留心间的牵绊和纠缠。只有青春是真的逝去不返。

热 干 面

　　热干面，几乎算是武汉人过早的半壁江山。一如作家池莉《热也好冷也好活着就好》的小说里所描述的，骄傲的许师傅掰着手指头细数中国各大城市的吃食，随即底气十足道："哪个城市比得上武汉？光是过早，来，我们只数有点名堂的……"其中，热干面就是理直气壮的"名堂之一"。

　　第一次吃热干面是大一刚去学校。满怀热情地一口下去，立马就吐了出来。面条因为是碱面，很硬不说，裹着一粒粒像干粉一样的东西，划拉着舌头，还有一种奇怪的味道。后来才知道那是能给人极大幸福感的芝麻酱，也是热干面的灵魂所在。大约是在两个月以后第二次吃，破天荒吃完了一碗，从此便爱上了它。

　　武汉热干面与北京炸酱面、山西刀削面、四川担担面一起并称

"中国四大名面"，2013 年更是被评为中国第一面。这一碗热干面，成为武汉一张金灿灿的名片。有人还将"热干面"的名称与武汉的性格联系起来——"热情、干练、讲面子"，这大抵也能看出武汉人对它的情深意切。

其实，这一碗让武汉人魂牵梦萦的热干面，在武汉的传承时间并不长，满打满算不到一百年。热干面的发明，相传源于一个美丽的意外，但凡对热干面有点了解的人，都略知一二：大概在 20 世纪 30 年代初期，汉口长堤街有个名叫李包的食贩，在关帝庙一带靠卖凉粉和汤面为生。有一天，天气异常炎热，不少面没卖完，为避免面条发馊变质，他将剩面煮熟沥干，晾在案板上。一不小心，碰倒了案板上的香油壶，油泼在了面条上。束手无策之时，李包将错就错，把面条用香油拌匀，重新晾放在案板上。第二天早上，李包将昨晚拌过油的熟面条放在沸水里稍烫，捞起沥干入碗，加上卖凉粉用的调料，弄得热气腾腾，香味四溢。人们争相购买，吃得津津有味。有人问他卖的是什么面，李包脱口而出："热干面。"由此，李包成为热干面的发明人。随着热干面受到追捧，不少人向他拜师学艺，热干面的制作技术由此传播开来。

一碗地道的热干面，和面、掸面、制酱、配料、拌面等七个步骤缺一不可，大有讲究。

热干面的面条属于碱面，这区别于一般的面条。面粉、食盐、碱的比例为 250 ：2 ：1。面条直径控制在 1.5~1.6 毫米之间，比毛细要粗，比扯面要细，软而不烂，绵而不塌，硬但又不能出现生面条芯。掸面则是个技术活儿，大锅大火，每次下面 2 公斤左右，煮沸后加生水，用长筷子上下翻动，防止面条成团。上盖再煮沸，待面条出现透明质感，即八成熟后起锅。快速淋生水一次沥干，摊在案板上淋上熟油拌开。一般 25 公斤面淋 1.5~2 公斤油。面条不可过熟，以免再烫之后过软。吃热干面久了，对碱面是会走火入魔的。利索干净，煮多久都不糊汤，用来煮一切蔬菜都好吃。湖北襄阳有一种面叫襄樊豆腐面，把传统的手工面条换成碱面，加豆芽一起烫熟，豆腐煮汤做浇头，再来一勺红油，又香又麻，面是面，汤是汤，豆芽是豆芽，就像是从民众乐园里走出来的武汉美女，长腿细腰，爽快大方。

芝麻酱可谓热干面的灵魂所在。据说"蔡林记"热干面之所以独占鳌头，靠的就是芝麻酱闯开的江湖。他们的配方无从得知。寻常人家想做得一碗可稍微称得上正宗的芝麻酱，须炒香白芝麻或黄芝麻，出香味，口感脆爽时起锅，搅拌机打碎，石磨研磨，再加入四成小麻油即可。别看这点小麻油，也是精髓，像引子一样，把芝麻的香毫无保留地激发出来。

配料在有的店则比较随意，多点红油少点醋，多点青豆角少点酱萝卜，多点香菜少点葱，客人可根据自己喜好随意配搭。东亭的老街区未拆之前有一片卖面的小店，其中一家的老板是个五十来岁的大伯，特别厚道，从来都是慷慨地说："调料自己加，要多少加多少。"他家有一种梅菜酱，放了熏豆腐干颗粒在里面。舀一勺子拌在面条里，芝麻酱跟梅菜酱融合在一起，有极筋道的豆腐干和软烂的梅菜酱出现在唇齿间，旋即又是芝麻的香味从舌头到口腔，再一直窜进胃里，简直有点应接不暇。

拌面，似乎是整个过程中最销魂、最充满诱惑的一个环节。芝麻酱下面卧着萝卜丁、酸豆角、葱花、脆黄豆，还有特地嘱咐老板多加的半勺油辣子。筷子找缝隙插进去，翻一个个儿，碗底蘸着酱油和醋的面条翻至上层，小黄豆咕噜噜滚到一边，小葱花也簌簌钻进面条枝枝蔓蔓的缝隙里。再抡起筷子继续翻面，挑起表层粘着各种调料的面条抖两抖，让每根面条都粘上芝麻酱，裹上一两粒金黄的脆萝卜丁。早晨的武汉街头，行人端着热干面赶路的场景，怕是其他城市很难看到的。他们端着碗，拿着筷，眼睛盯着面碗，鼻中闻着面香，嘴里拉着家常，手上急速搅拌，脚下的步子半步也没耽误。公交站台上还有伸长脖子看一眼远处再低头吃口面的场景。穿着职业装的姑娘们吃着面手里还捏着纸巾，吃几口擦下嘴角，不然大庭广众之下一碗面吃完，黑乎乎的芝麻酱可是会让她们嘴边长出一圈"胡子"的。

热干面最大的特点是"干"：一家热干面是否地道，其中一个标志是看老板对汤的把握是否适量。一碗完美的热干面，要拌完之后碗底滴汤不剩。干而不糙，湿而不黏，面不成团，酱不成糊。这时候配一碗蛋酒，或者清酒，或者豆浆，或者大夏天的冰镇绿豆汤等，一口裹着浓郁芝麻香，带着一两颗萝卜丁，挟着一粒葱花，顺带扫过一阵辣味的热干面入口，再来一口甜丝丝、清凉爽口的饮品，呵，用武汉话说："真滴蛮扎实呢。"热干面还顶饿，不少姑娘伢过早一碗热干面可以管一整天，别人说："你吃点饭撒。"人小嘴一撇："哎呀，早晨吃了碗热干面。"对方立马可以名正言顺地放过她。

　　湖北作家方方曾专门撰文《一碗热干面》，里面有一首儿歌，述尽武汉人对热干面的款款深情："我爱武汉的热干面，二两糖票一毛钱；四季美的汤包鲜又美，老通城豆皮美又鲜；王家的烧饼又大又圆，一口就咬掉一大边。啊——河南人爱面条，湖南人爱辣椒。要问武汉人爱什么，我爱——武汉的热干面——"。出门在外的武汉人，总想念着这一碗面、一口香。某款移动社交软件曾以"热干面"为题做了一个长达六分多钟的广告，讲述一群在上海的武汉人相约吃热干面的故事。那碗加了香菜、芝麻酱，不干不稀，碱面有硬芯的热干面，想必也是无数武汉游子在外的共同心声。真是面条太美味才让他们念念不忘吗？距离美化了食物的味道，也放大了他们乡情的寄托。梁鸿在她写故乡的文章《我们吴

镇》里说："当我们在谈论吃的时候，其实在谈一种感情，一种生命
体验和一种时间的流逝方式。"食物已经不仅仅是食物，热干面也
远远超过了一碗面的分量。

◆ 热 干 面

勤劳人打懒豆腐

作为鄂西土家族人，不知道懒豆腐的应该少之又少。

懒豆腐又叫合渣，宜昌城区不少人还叫他们懒豆花儿，虽然叫豆花儿，可跟称作豆腐脑的豆花不是一回事。我所熟知的懒豆腐的做法跟大多数意义上的懒豆腐也不一样。不过这就像甜咸豆花之争，是大家对各自童年和家乡味道的捍卫。所以，不存在地道正宗一说。能打开你味蕾的就是美好的。

"吃不过的面饭懒豆腐，穿不过的草鞋家机布"，是土家人，尤其是爷爷辈们常挂在嘴边的一句谚语。面饭就是玉米饭，抵饿。家机布是手织的一种布料，粗糙、耐穿。懒豆腐，从字面上都可以理解，制作简单，方便省事。据说很早以前有个懒媳妇儿，打豆腐不过滤豆渣，直接将磨好的浆煮开，加些青菜叶子、调料，没想到婆婆回来一吃，味道出奇的好，于是赐名"懒豆腐"。四川盐边、湖北恩施、神农架等地的懒豆腐都是这个制作路子。出生在湖北的美食作家古清生专门撰文记录："将黄豆浸泡之后，磨了，豆浆豆渣一起煮，加入油盐和切碎的青菜，吃起来，果然爽，能开胃，三下两下就把人吃热乎了，且胃口大开。"

打我记事起，懒豆腐已经逐渐摆脱了廉价随便的身份，不是太常吃到，因为耗时、耗力。这可能跟我家的饮食习惯有关。我爹嘴刁，还老爱念叨，每顿饭不提出一两条意见是极少见的。他眼中合格的懒豆腐一定要将豆渣过滤得干干净净，不见调料又要闻得到料香，香滑顺口，咕咕溜溜一口直接滑进胃里那种。我妈是非常传统的家庭妇女，对吃很看重，对我爹的意见更是看重。所以我印象里打懒豆腐是从早开始，一直到日暮时分才能完成的大工程。

泡豆子，要用山泉水。至少泡上三个小时，豆子才会自然膨胀变软。粉碎机换上平时不用的细筛子。打豆子是个技术活，细筛子过豆子有点艰难，急不得，不然容易烧坏保险丝。一桶豆子，一桶水，小半勺豆子要加一勺水，前后一共打三遍，直到出来的豆浆看不见小豆块儿为止。喂豆子进粉碎机的间隙，偶尔丢几瓣大蒜，一小把鲜花椒叶，小把嫩木姜子。老的不行，籽太糙，影响口感。

接下来是吊包滤豆渣，需要体力，还需要技术。过滤的布一般用腈纶料子，四周则用棉布。用久了中间形成一个大大的椭圆，故滤布被称作"包袱"。两根木棍做成十字交叉的挂钩，把包袱的四角固定在木棍的四角，中间的椭圆变成一个大网兜。

打好的豆浆用大勺分批次舀到包袱里，滤出来的是豆浆，留在网兜里的是豆渣。包袱底下一般放家里最大的圆簸子，摇包袱的技术这时候就体现出来了，又要保证豆浆运动，又要使滤出来的浆水不超过簸子的范围。我小时候老爱过去帮一手，结果包袱到了我手里怎么都不听使唤，没有节奏和韵律地乱晃，豆浆也洒得到处都是。

边摇边往包袱里加水，稀释豆浆。不然打出来的懒豆腐就很酽，有苦味，不清爽。从包袱里出来的浆水在逐渐从乳白色变清亮的时候，开始挤包袱。捏住包袱上端，束紧，转几圈，使豆渣团成圆形，大手掌从四周均匀用力，挤去多余水分，舀出豆渣团子，开始吊第二包。

豆渣用干净容器装起来，后期可以制成豆浆粑，煮菜做汤料是一绝。也可做豆渣饼。滤出来的浆水用大铁锅烧煮。等待沸腾的过程中不能闲着，准备青菜，焯水，去掉绿水，加适量油，可以保证懒豆腐里的菜色一直翠绿鲜亮。菜要切成细丝。村里有个说法，看哪家女主人是不是贤惠细心，只要看懒豆腐里的菜是粗是细，菜是粗帮子大叶的一定是个粗糙的懒婆娘。浆水将沸未沸的时候，撒青菜进去，大灶熄火，利用余温烧滚，懒豆腐才算是做完了。煮完懒豆腐的锅别急着洗，底部有一层豆锅巴，听我妈说，加点油盐，是不错的零嘴。不过每次等我想起来要吃锅巴的时候，都被我妈一个人吃完了，央求她留点给我，总会以一句"又不是什么好吃的，别和我抢"而告终。

晾凉后的懒豆腐放在冰箱里，炎炎夏季热得满头大汗的时候来一碗，一下冰到心底。放在常温下大概两天时间，自动发酵成酸懒豆腐，搭配洋芋煮了，加一勺腊肉末炸成的油，放点干辣椒面儿、韭菜末，酸中带辣，辣中带香，酸爽的味道简直让人无法停下来。

以前大家族一起住在一栋老房子里，外面是很大的道场，道场最外有一株葡萄树。爷爷还健在的时候搭了很大很高的葡萄架，葡萄顺着架子一直往上爬，到最后几乎占了半个道场。夏天的傍晚，太阳掉下去，暑气很快消散。我们常搬了小板凳小桌子在葡萄树下吃晚饭。苦夏难熬，酸懒豆腐煮洋芋最好不过。我口味重，自家磨的花椒粉是必备品，再加一根腌菜坛子刚捞出来的腌黄瓜，又酸又麻又辣，嘴巴眼见着要着火的时候，一勺子酸懒豆腐喂进去，爽口，滑嫩，还有青菜的脆感，看来"辣椒当盐，合渣过年"，此言着实不虚。

◆ 懒豆腐

文字有味儿

中国的文字，我一直以为，是立体的，有画面、有味道的。

沈从文的《萧萧》里，有这么一句话："花狗诱她做坏事情是麦黄四月，到六月，李子熟了，她欢喜吃生李子。"

麦黄四月，多美呀。成片的麦子顺着风摇。风从西边吹来，麦子们就从左摇向右。风从东边吹，麦子就从右摇向左，整齐划一，浩浩荡荡，跟军队似的。黄，是金黄，"远处蔚蓝天空下，涌动着金色的麦浪……"金子一样的颜色，配着宝石蓝的天空，饱满，充盈。仔细嗅一嗅风里，有淡淡的麦香味，夹着点土腥味，好闻得很。

"生李子"，这仨字则是酸的。一瞅就酸，念出来更酸，满口涎水。李子多酸呐，青青的小圆个儿，即使熟了也酸。尤其是皮，狠劲儿嚼下去，牙根都要倒了。这李子，不仅酸，还涩，涩味紧紧贴着上下颚，水都冲不下来。还有点苦，这苦开始不觉得，嚼得多了才有，越嚼越苦。

"腌"也是酸味，令腮帮子发紧，舌苔瞬间泛水的酸。刘绍棠的《榆钱饭》里："泡上隔年的老腌汤，拌在榆钱饭里；吃着很顺口，也能哄饱肚皮。"老腌汤，是我对酸最初、最原始的记忆。小铁勺子下去，舀起来，有碎红椒，腌汤水。勺子底儿粘了白盐霉。春夏之交的腌菜坛子，表面最容易起盐霉。略带盐霉的盐菜汤，撒在热腾腾的蒸榆钱饭上，有脆脆的剁椒，再拌点小香葱，该是多开胃啊。

"腌"字的味道，跟不同的季节搭配，味道也不同。荻上直子导演的《眼镜》，是发生在夏季的故事。看完很舒服，像在树叶晒得打蔫儿、黄狗吐舌头的暴热天气，躲空调房里吃刨冰的感觉一样舒服。小林聪美和罇真佐子不过是从海鸥食堂的芬兰换到了某个海岛小镇，早晨暑气还未起来，有微微的凉风。桌上是摆好的早餐，小碟里是腌渍好的酸李子。看到他们把整颗酸李子丢在嘴里的时候，我就想啊，汁水会溢满口腔，往牙缝里钻吧？然后嘴里的唾液就满了。嗯，真正的"满口生津"就是这个意思。这个腌酸味，配着夏季黏糊糊的热气，可以祛暑、止渴，让嗓子一整天都清清爽爽，不会发干发痒。

春夏里，"腌"的颜色是五彩的，偏冷色调。红的剁椒，不是火焰的大红，而是清透的红，带粉的红。淡青的豇豆、月白的仔姜、碧翠的黄瓜，挤挤攘攘待在透明腌菜坛子里。坛子口撒下盐，过几天坛口水下去一些，边儿上是一溜盐花。像雪，白得整个厨房都亮堂了。

"腌"跟冬天搭配，整个感觉和味道又不一样。准确地说是跟"腊月"搭配，才显出特别。冬天只标明时间，低温，冷，无色无味。"腊月"则丰富得多。"腊"出自柳宗元《捕蛇者说》："然得而腊之以为饵"——"干肉"的意思。经风累月，水分蒸发，留下厚重的肉味、太阳味、霜冻味。腊月里，有柴火，要杀年猪，买鞭炮、贴窗花，游子归乡，漂泊感暂时消失，从地底下发出来的踏实、烟火气，从脚底板蔓延至眼耳鼻口，入心入肺。

腊月的腌肉，紫黑的花椒、大红的朝天椒，磨成粉。银白的蒜、土黄的姜，拍成末。葱苗、蒜苗，切花，翠绿翠绿，站在调料上层，最是娇滴滴的。整袋盐拆开，像白流沙，源源不断倒在簸箕里，大手搅拌所有调料，白里有黑，黑中有红，红中透着耀眼的绿，每种色彩都放肆张扬，不遮不掩。像是白衣少女经过一个秋天，变成了娇俏熟妇，从前看见光膀子男人会脸红，现在穿着对襟红袄，会倚着门框说浑话、开黄腔了。

小学时语文书上有篇文章《大森林的主人》："他把火堆移到一边，用刀子在刚才烧火的地上挖了个洞。我把松鸡拔了毛，掏了内脏。猎人又找来几片大树叶，把松鸡裹好，放进洞里，盖上薄薄的一层土，然后在上面又烧起一堆火。等我们把衣服烘干，松鸡也烧好了，扒开洞，就闻到一股香味。我们俩大吃起来，我觉得从来没吃过这么鲜美的东西。"短短百来个字，几乎每个字都带着浓香的烤鸡味儿，飘着松香味儿、青草味儿、雨水味儿，还有森林里特有的树荫味儿。仅"大吃"这两个字，也让人食指大动。反复读就像反复嚼着松鸡，撕开脆皮，拉扯筋骨，焦香溢开。难怪当年学这篇的时候，我流了整节课的哈喇子。

◆ 腌李子

早点、早饭和过早

　　《汉口竹枝词》里说:"小家妇女学豪门,睡到辰时醒梦魂。且慢梳头先过早,粑粑油饺一齐吞。"虽然画面不甚雅致,所记食物"粑粑油饺"也不过阳阿薤露之流,但这恰巧写出了江汉间舞得菜刀,嚼得鸭脖的泼辣女子风范。"过早"一词也是像高温下反复翻腾的黑色油浆,散发出街头巷尾随处可见的亲近感。

　　深以为,"过早"较"吃早餐"更有画面感。早起睡眼惺忪,洗把脸推门出去,路遇熟人,一个问:"过早去呀?"一个回:"过早了没啊?"隔在面前的蒙蒙雾气一下被打破,整个人从迷糊里彻底醒了,吐口气,再吸气,像面摊前早就热闹起来的人群一般,瞬间活泼起来。一溜儿排开萝卜丁、酸豆角、炸黄豆、小葱花,老板一手笊篱一手碗,烫面、沸水锅里晃荡几下,捞起,抖两抖,面条入碗,点醋、淋酱,各种佐料一样来一点儿,动作娴熟得像按了快进键……"哧溜"连面带汤喝下肚，沉在碗底的萝卜干也挑起来一粒粒细细吃掉。咂摸咂摸嘴，甩开膀子抹一把额头的汗，一天正式开始。

在诸多指代早餐的词里，"早餐"本身是最乏味的。早晨吃的食物，早晨享用的餐，太直白，也太概括。而"早饭"、"早点"则比较有味道。

早饭，可以读出灶台间袅袅的烟火气。尤其是在农村，因为一天劳动量较大，所需热量多，早饭一般也吃正餐，素有"早饭一条绳，拴住全家人"的说法。晨色熹微时村子便开始醒来，尤其是农忙季节，人们起得更早。喂猪、喂鸡之后，进入灶屋，噼噼啪啪打火炒菜。早些时候煤气、沼气还不太普遍，家庭主妇蹲在柴火灶前头，一把枯枝几根松毛，再划根火柴，有一股子好闻的硫黄味散开。火苗舔着锅底，轻飘飘的烟子从烟囱曼妙而出，油烟滋滋往上蹿，"早饭"的气息一时极浓。遇上下雨天可以睡个懒觉，早饭也随便一些，几根咸菜、一块豆腐乳、一碗泡饭，也能吃出丝丝甜味。

而"早点"，在我的潜意识里，比"早餐"多了一份随性，比"早饭"又多了点浪漫。馒头切薄片，在打散的蛋液里翻个滚儿，少油下锅煎至焦黄，头天泡好的豆子磨个快手豆浆，就是我理想中的完美早点。或者发扬不作死就不会死的精神，来个心形煎蛋，烤几片面包，冲杯牛奶，就是能勾起人结婚欲望的诱人早点。

（面窝）

　　我家姐妹三人，我排名老三。我外婆旧时是地主出身，爷爷是有名的中医。加之我父母勤劳肯干，所以小时候日子不算太难过，村子附近的一些人就时常逗我，称呼我"三小姐"。我妈更是在食物上极大满足了我想当"三小姐"的虚荣。初中在离家较远的镇上读寄宿学校，当很多人必须吃玉米面饭的时候，我可以很奢侈地吃白馒头夹豆豉。豆豉里一定有肉丝咸菜，有时候还会有鱼干。猪油和菜籽油混合炒成的豆豉成半凝固状态，夹在热乎乎的馒头中间，不消一会儿，金黄的油渐渐融化，往馒头蜂窝孔里钻，挨着豆豉的两面浸了豆豉油，沾满各种酱料，简直是人间珍品。直到现在，我最爱的早餐除了烫饭，便是白馒头夹豆豉或老干妈或是蘸腐乳酱。

　　时间跳到大学实习，那会儿在一个电台，我的老师主持一档凌晨四点的老人节目，《每日一歌》那种，播放一些蒋大为、李谷一那个年代的歌曲。我也要跟着进直播间，所以三点半就得爬起来。当年激励我从不迟到的因素除了年轻有激情，就是单位食堂的早点，实在太深得我心了。水煮蛋五毛一个，热干面一块二一碗，豆浆三毛，油条五毛，面窝五毛两个。豆浆不加糖精，白口的给你，根据喜好自己选择加盐还是加糖。对，我就是爱喝咸豆浆的那个奇葩。工作时间长、强度大，可以让我光明正大毫无负疚感地吃很多东西。咸豆浆里泡半根油条，油条泡发后变得松软无比，入口即化。或是一口面窝，一口豆浆，面窝里偶尔能嚼到葱花和姜粒。或是把蛋白掰成小块，和热干面一起搅拌，这样无味的蛋白也裹上了薄薄的芝麻酱。如此享受的结果就是，带着减肥的目标去实习，两个月后反而胖了六斤。果然唯有美食与爱不可辜负，每吃一口，肉都扎扎实实长在了身上。

上班后自己租房子住在一个城中村，那一带有很多早点摊，最喜欢的是一家阿姨卖的清汤米粉和一对夫妻卖的煮豆丝。

冬天最爱清汤米粉，宽汤宽粉，点缀着紫菜、小虾皮、香菜、葱花，再滴上几滴香油，一碗下去鼻尖沁出细密的汗珠，整个上午胃里都觉得舒舒坦坦。周末多半会坐在店里认认真真吃煮豆丝。豆丝是用绿豆和大米浆混合做成饼再切成条状的一种吃食。煮豆丝比米粉散热慢，不能心急，一定得从从容容地品尝，否则除了烫伤口舌，还暴殄天物，亵渎了一碗好汤。常见夫妻俩下午收摊时坐在矮凳上收拾第二天煮汤用的干香菇，小剪刀剪掉菌柄尾部的残留菌种，清水洗去灰尘，热水泡发。妻子是个把袖口挽得高高的干练女人，黑，不瘦也不胖，皮肤紧实饱满。她说泡发香菇后的水千万不要倒，是做汤底的好料。汤很浓很鲜，不是那种喝一碗口渴一天的味精、鸡精等香精味，是香菇味，晒在竹篾篮子里的香菇味。干香菇有嚼劲，层次丰富，不像湿香菇那样简单粗暴地释放着乌苷酸，而是缓慢地、曲折地、婉转地，把味道一点点溶解在汤里。豆丝又软又糯，少量的淀粉煮出来像勾了薄薄的芡汁。几根绿油油的青菜卧在碗里，跟黝黑的香菇、浅绿的豆丝一起，单从颜色上就能勾起馋虫无数。

朱国桢的《涌幢小品》里写道，皇帝和大臣的早餐被称为"廊餐"，又写作"廊飧"，因旧时朝退后皇帝赐食于殿前廊下得名。而"过早"中的"过"大致也能说明地点，无非是街边小店、路边小摊，有蹲在树下的，有站在门边的，不刻意不讲究，就图个舒坦、方便。尽管史料里说"过"有匆忙路过之意，无暇久坐就餐，只能"过"早。可是在某个东方既白之时，当晨练的老人脖子上搭着白毛巾缓缓跑过，环卫工人的扫帚沙沙地划过地面，很容易让人想起木心《从前慢》中的句子："清早上火车站／长街黑暗无行人／卖豆浆的小店冒着热气／从前的日色变得慢／车，马，邮件都慢／一生只够爱一个人……"

◆ 豆浆油条

寒 凉 时 刻 的 热 酒

　　还以为秋天能再坚持几天，结果今天在办公室开会对着大窗户，露在中袖外面的胳膊被嗖嗖凉风一吹，直起鸡皮疙瘩。下班回来的路上，雨滴答不停。早晨出门穿了毛衫加长裙子，不得不一手提着裙摆一手撑着伞，从一堆绵外套夹克中穿过去，场面很是做作。路上发现卖烤瓷火盘的都出来了，还有卖烤玉米、烤面筋、炸土豆、煮米线的，仿佛一夜之间都从四面八方聚拢了来，让袅袅烟火气息参与到马上就要到来的冬天。

　　看迟子建的《黄鸡白酒》，作者以故乡哈尔滨为背景，讲述了一位年近九十岁的老人春婆婆的故事。"黄鸡白酒"是烟火街上的小酒馆，在整条街上的人生活中占据了很重要的位置，尤其是春婆婆。"春婆婆爱睡懒觉，一天只吃两顿饭。头一顿在家，后一顿在

'黄鸡白酒'小酒馆，那通常是午后四点钟了。"不孝子巴望着春婆婆早些死，好得着财产，等儿子一踏出门，春婆婆就一改喘粗气、说胡话的样子，直起腰，哼着小曲儿，步履轻快去酒馆喝一杯；冬天还未供暖的时候，春婆婆中午就去那里，就一碟豆子、几口白酒，可以温暖地待上好几个时辰；临近供暖的前几天，婆婆实在熬不住了，几乎整日窝在黄鸡白酒，一直等到打烊才回；春婆婆要打供暖官司，约了律师在黄鸡白酒店里见面，特地点了砂锅豆腐和尖椒肉片。街上的老乔，收到儿子大学录取通知书的时候，一个人去黄鸡白酒，要了整只的麻油酥骨鸡，一斤烧酒。"每吃一块肉，就喝一盅酒，然后看一遍录取通知书，再撕一块肉，喝一盅酒，看一遍录取通知书。"

　　迟老师内心一定是极温暖柔和的人，春婆婆在某种程度上有她自己的影子在里面，浪漫、可爱、坚强、大度、宽容，还自信、乐观，会在那个年代主动做鞋样子送给心上人，会每年去跟心爱的人约会。那么冷的冬天，我担心婆婆会冷，但迟老师还是会想尽办法让她睡个暖和觉，去商场、花卉市场蹭暖，去小巴夺家、黄酒白鸡店里，喝几口热酒，烫个热水脚，灌个暖水袋，总能安然过去。每在那个时候，就无比感激酒馆里的桂香，不用假的油盐酱醋，会记着顾客们各自的喜好，会把春婆婆当"老神仙"对待。

　　似乎特别容易记住那些在深夜里为我点过一盏灯的人。

　　好些年前，我有过一段特别艰难的日子，难到一分钱要掰成两半花，大夏天住在没有空调的地下一楼，一块五毛钱一斤的西瓜要想了又想才决定到底买不买。同寝室的燕子那段时间工作有了着落，结婚嫁人，很是幸福。很多个周末，燕子想着理由约见面，请吃饭，既让我没法拒绝，又让我觉得合情合理。

　　巷子口的麻辣烫是首选。素的一块钱一串，荤的两块钱。土豆、胡萝卜、白萝卜一般是一块钱五小块儿。最喜欢煮得沙沙的土豆，就着辣酱吃，又辣又烫，过瘾。豆棍要煮得很软，蘸醋，让蜂窝孔里吸饱醋汁；来历不明的蟹棒、海鲜要整块塞嘴里嚼，撒尿牛丸要先戳一个小孔，吸掉里面的汤汁；大白菜心要煮成烂糊糊，滴几滴香油再吃；油条切小截刚泡进锅里就得捞起来，吃之前记得裹上点嫩香菜梗和葱花……冰冻的小西瓜削好皮放旁边，满头大汗、舌尖冒火的时候，用老板免费提供的塑料勺子挖一块儿丢进嘴里，冰火两重天就是这样。

　　吃完饭，燕子会硬拉着去逛超市，买一堆零食帮我拎回出租屋里，薯片、方便面、老干妈、火腿肠、沙琪玛，虽然不少都是垃圾食品，但那会儿简直是救命稻草，实惠顶饿。这段时间里我吃过的食物成为那一年当中我生活中的支柱，直到后来情况好转，我发了工资，财大气粗回请燕子的依然是麻辣烫。后来我离开燕子所在的城市，看她在朋友圈晒娃晒老公，联系不多不少。偶尔深夜，或者我，或者她，会接到对方发过来的信息，一两句，十来句，有时候仅仅是简单的一行字：好想念那时候的麻辣烫。

还有一回夜里出差，坐那种双层的卧铺大巴。出发前肚子空空，加上车内大家脱了鞋袜，气味复杂，不多久就吐得苦胆水都出来了。半夜到了服务区，一车人精精神神地下去买水买吃的，这边要盒饭，那边要炕土豆，还有三五个一起叫火锅的。我病怏怏坐在大门口，半点胃口都没有。一个文文弱弱的男生，大概是服务员，过来问我吃点什么。我不抱任何希望地告诉他刚晕了车，只想吃点清淡的泡饭。他先是很为难地说店里没有泡饭，转身走了几步后又退回来问我怎么做，不耗时间的话他去厨房煮。

大约一刻钟的样子，男生端着一个有点古老的黄色搪瓷碗出来，清清爽爽的白米饭浸在汤里，正呼呼冒着热气，躲躲藏藏的青菜碎叶一下子让干燥的口舌有了想吃的欲望。泡饭温度正好，是多一分嫌烫，少一分嫌凉，可以暖胃，又不会烫到嘴的那种。应该是没有放盐，可以吃到米饭的甜味，汤汁除了有青菜的香味，几乎当白开水喝没问题。凌晨的郊区分外安静，尽管还是八月尾巴，已经有了寒气。零零散散的几颗星子挂在天边，我在嘈杂的人群中兀自吃完饭，喝完汤，从来没有像那天一样，用心感受每一粒米的味道，每一棵青菜的味道，以及泡过米饭的白水的味道。

电影《辩护人》里，男主角宋佑硕年轻时，一边做小工一边学习法律，老婆住院生下了儿子，住院费都是岳母帮着付的。在一直光顾的猪肉汤餐馆，他逃了单。后来宋佑硕去还钱，老板娘不仅不收还免除了他当次的费用，只要他以后常光顾就好。从那以后，已经成为大律师的宋佑硕带着助理经常到猪肉汤餐馆吃饭。"猪肉汤饭里要放点韭菜才好吃"，再好吃也架不住天长日久，不能苟同这猪肉汤饭的美味又无法违背老板意思的助理，恐怕不太能明白其中的真味。

迟老师的创作谈《寒凉时刻的热酒》，结尾这样写：人这一生啊，总要经历这样那样的寒凉时刻。好在有"黄鸡白酒"这样的地方，有来自民间的温暖和那一杯杯热酒，无言地与我们相伴。

寒凉与温暖总是共生的，只感受到寒冷体会不到温暖，整个人生会不好，会从头顶凉到脚底板，像哈尔滨冬天室外的行人，冻透了。只知道温暖看不见冷风，是不真实的虚假，缺乏足以应对一辈子漫长人生的力量。只有明明知道这里冷，所以我会想办法找到暖，一壶酒，一件羊毛衫，或者一个滚烫的砂锅豆腐，至少能让我有抵抗寒冷的热量。庄雅婷有句话："早早看明人生虚妄，然后依然不抛弃不放弃，才是懂了"，说得多好。早早明白了人情冷暖，然后依然保持向前的力量与热情，才是真正的热爱。

就像我瑟缩着身体回到家，又冷又乏，知道明天还是会继续冷下去，但不妨碍我仔仔细细地煮一锅热辣辣的番茄土豆汤。

◆ 番茄土豆汤

一起用餐吧

　　继《来自星星的你》之后，《一起用餐吧》是第二部我深深着迷且到处跟人推荐的韩剧。女主角秀景在律师事务所上班，疯狂迷恋美食，离婚独居的她最害怕的事就是一个人去热闹的地方吃饭，她认为这是在向全世界宣告她的孤独（经常独自吃饭并以此为乐的人掩面飘过）。秀景苦恼不已，且因此失去很多品尝美食的机会。邻居邋遢男人具大英除了是成功的保险大王之外，还是撰写美食博客的高手，深谙各种美食真道，觅得无数美味小店。邻居真儿，落魄富二代，爸爸生意破产遭受牢狱之灾，妈妈去美国避难，留下她独自面对生活的改变，热情、善良、单纯、乐观等一切美好的词语都可以用在她身上。真儿在得知秀景害怕独自进餐之后，从中撮合，约定三人搭伙吃饭，由此从陌生到熟悉，再到至交，最后觅得真爱而展开的一系列与美食、与爱情、与生活相关的故事。

与见缝插针看《来自星星的你》不同，我只在两个时间段才看《一起用餐吧》。一是午餐之后午睡之前的一个小时，在房间一边踱着步消食，一边戴着耳机旁若无人地流着哈喇子。午餐回味尚在，回想着红烧豆腐是不是应该搭配一两根青菜整个丢进嘴里，五花肉是不是应该鼓起勇气吃一块，热腾腾的汤是不是应该舀出来就喝一勺，放凉了味道会打折扣吧。米饭呢，应该不要顾虑热量啊碳水化合物啊淀粉含量啊这些乱七八糟的东西，大大方方拌着辣酱和酱油汁来一碗。

第二个时间段便是晚上，洗完澡洗完头发，敷着面膜，盘腿坐在沙发上。晚饭就吃一两个水果。今天刚巧只吃了两个小小的地瓜，肚子和胃没有任何负担，想象力格外轻盈，像要飞起来。味蕾的敏感度也出乎意料地高，这会儿看《一起用餐吧》，真是能最大限度地刺激每一根神经。部队火锅咕噜咕噜冒着热气，每一次沸腾几乎都伴随我口水划过喉咙的声音。鳗鱼滋滋滋烤得卷起来，碧绿的生菜裹着烤肉烤虾，水嫩的豆腐搭配亮红的辣白菜，大酱汤盖过米饭，我同女主角一起，上菜之前满心期盼，开餐之时心无旁骛，酒足饭饱，心满意足。是的，我非常用心，用心体味剧里每一道菜的颜色、香气、味道，让每一个镜头扫过的食物都在我脑子里扎根、发芽，盼望日后能在我餐桌上开出无数朵鲜亮的花来。

但是，这真的是对我意志力的考验，也是对我口舌之欲的极大摧残。我像第一次在深夜看《舌尖上的中国》一样，嘴巴和胃里伸出爪子来，挠墙抓锅，同时还得用脑袋里尚存的一丝理智阻止自己走向厨房，那里有煮好的腊香肠，有中午剩下的黄骨酸菜鱼汤，还有一小袋我妈做的麻辣兔肉。如何拯救你，我这食欲旺盛的人生啊。

如此看来，这部剧享受到了我观剧史上的最高礼遇，从身体到灵魂。

豆瓣网对《一起用餐吧》的介绍里有这样一句话："美食作为一种媒介，连接着这些独居人士……"这跟刀疤男人开在深夜里的食堂、《眼镜》里开在沙滩上的刨冰店、《多谢款待》里芽以子做给悠太郎的便当一样，将人与人，人与事，人与岁月，都连在了一起。有时甚至在想，这些人，究竟是因为美食才聚到一起，还是因为聚到了一起，才有了美食。不可否认的是，美食，是一种关系的象征，也是"识别"和"归类"的手段。

我的导师是一个老学究，随身携带老花镜和远视眼镜。他可以用整整一学期的时间来讲莫言的《透明的红萝卜》。在他任教的出刊编辑学课上，我所在的小组兴致高昂地策划了一本关于美食的杂志，成果展示完之后博得同班同学的一致好评，他不咸不淡地说了一句"还是花了心思的"，便叫了下一组。在某一次课上，讲到人生追求与个人兴趣，他轻描淡写地说："美食这东西，我不感兴趣，吃饭，果腹而已。"我整个人瞬间呆住。后来见到长发及腰，年过半百身段依旧妖娆的师母，被告知家里几乎很少做饭，吃了一辈子食堂，我突然就原谅了导师曾经对美食的轻视。看来真应了那句：不是一家人不进一家门。一对夫妻，如果双方都能忍受顿顿进食堂、吃大锅饭，那么吃饭在他们的生活里，真是一件程序化的事情。也就谈不上"忍受"，应该是"接受"才对。无须烟熏火燎，汗流浃背，可以把更多的时间放在做学问、遛狗、旅游上，也能理解。

我一个室友，午饭打包带回寝室，边吃边看《老友记》被她视为最幸福的事情之一。这在我看来，是不太能接受的事。怎么忍心让食物寂寞地被筷子挑起来，不被看一眼色彩如何、外观怎样，一概被忽略，就胡乱地被塞进嘴巴里，被舌头和牙齿粗暴地咀嚼、下咽。好像一个人胡子眉毛一把抓地过着日子，每天匆匆忙忙，来不及看晨雾看暮霭，看流水看飞瀑，就结束了一生。真是辜负了无数美好事物的存在。好在她对"关系"很在意，每一次聚餐，每一次活动，她依然是最先跳起来表示赞同的那一个。她坦言："我对食物毫无要求，但我喜欢跟你们在一起的感觉。"这让我尤其感动，虽辜负了美食，却并未辜负我们。就像后来，具大英喜欢上了秀景之后，每一次邀约吃饭，已经不是单纯在吃饭。雪夜里煮着拉面的小锅，蘸满酱汁的鸡腿和鸡翅，"果然要配着啤酒"的炸鸡，还有辣得脸颊泛红嘴唇泛红的脆骨和鸡爪，都在以各种方式向秀景深情告白：我想和你一起用餐。

　　某杂志主编曾焱冰出版了一本书——《爱就是在一起吃好多好多顿饭》，卖点是国内第一本关于餐桌布置的书。较内容而言，我更喜欢这个书名。一起吃好多好多顿饭，这是得有多爱才能做到的事。我愿意穿着小黑裙，踩着高跟鞋，在西餐厅里吃其实不那么爱的牛排。也愿意穿着热裤，趿拉着拖鞋，随你去大排档吃来路不明的羊肉串儿。清粥小菜，浓油赤酱，文火慢炖，武火爆炒，我都愿意把日子揉进一锅汤里，跟着时间慢慢熬。

　　当两个人可以毫无顾忌地一起用餐，不在乎牙齿缝里塞了菜叶，不害怕嘴角的油渍会被你笑话，告诉你我不爱吃的菜也不担心你嫌弃我挑剔，应该需要十足的安全感才能做到吧。而能给予你如此安全感的人，想必足够承担起你未来的幸福，也能与你一起创造幸福。

　　毕业典礼后，我的导师曾言辞恳切地告诉我，人的一生，不能满足于吃吃喝喝，要做一个对社会有用的人。如果以此来作为是否有用的凭证，恐怕我真的要令他失望了。失望之前，我还是好想让他跟师母到我家的餐桌旁来一起用个餐。

小森林

　　《小森林》是一部讲述女主角从都市回到小森林，在大自然中付出劳动，收获食物，自给自足的电影。

　　去年冬天，很冷的时候，我看它的夏秋篇。故事性相当相当弱，后半集奇怪地突然没有字幕，我居然也津津有味地看完了。女主角市子（桥本爱饰）实在很养眼，天然的氧气美女。她闷声闷气在小屋里生火去湿气，汗一滴滴往下淌的场景，真是又迷人又性感。

　　风景也好看，平静安宁的村庄，绿油油的稻田、高山、大树、溪流，我曾一度恍惚觉得，这不就是我的家乡吗？！把稻田换成玉米地就可以了。潺潺的流水像小森的日子一样，不知疲倦地往前走着，不曾年轻，也不再衰老。

　　今年夏天，最热的时候，外面烈日炙烤，阳光夺目，在空调房里，我拉上窗帘，慢悠悠地看完了冬春篇。温度是最好的调味剂，皑皑白雪像降在我身边，经过霜冻的萝卜条、埋在雪地里的纳豆，平添了好几分凉意，让苦夏里萎靡不振的食欲似乎有了复活的迹象。

每个季节大约有七道菜，面包、酒酿、盐烤鱼、糖渍栗子、西红柿罐头、炒芹菜、核桃饭、雨久花泥、双色蛋糕、柿子干、红豆、面片儿、腌蕨菜……单是看这菜单就引人遐想，故事情节、人物在食物中间几乎连点缀作用都算不上，哪怕没有一句台词，也能让人食指大动，直咽口水。食物果然没有国界，是比微笑更通用的中介，一粒米如何发酵起泡，一个豆荚如何成熟裂开，一枚柿子如何风干挂霜，帧帧画面里，万物生长，适时而动，一目了然。

可又不仅仅是美食。总在镜头缓慢而沉寂的时候，突然有一句台词、某个场景，轻轻抓住你，让你按下暂停键，回味一秒，再回味一秒。

"干农活就是要提前准备"，"所有的种植都要把握时机"，是不是觉得应该拿出笔把这些只言片语记下来，熟读成诵，让它们成为指导人生的金句？每个人都是农民，只不过是种不同形式的田而已。如果秋天插秧，夏天种洋葱，就守着空空的屋檐过冬吧。即便是按照时令来，阳光充足，雨露丰沛，遇上一场风一场雨，卷心菜照样开枝散叶不成形状。

小朋友们站在齐脚踝深的雪地里，双手合十，对着稻草里的纳豆虔诚地说："希望你们变得好吃"，很感动我。一丝不苟地对待，诚心实意，哪怕劳动消耗了我的体力，虫子啃了我的叶子，哪怕辛苦了很久只得到一小碗的食物，"只要好吃就行啦"。"咖喱是道歉，糖栗子是邻居的爱，甜米酒是好感"，食物就是这么能给人满足感和幸福感。

学弟说："用努力这块幌子来遮挡一切"，让市子不得不正视自己在小森的生活，不像佑太，知道自己想要什么样的生活而选择留在小森，她出于逃避和恐惧而回到小森，会不甘心，也觉得是对小森的"亵渎、不尊重"。所以雪化了，地耕好了，她却说："今年的土豆不种了，因为明年这个时候，我已经不在这里了。"一旦下定决心，就丝毫不拖泥带水。解决疑惑跟恐惧的最好办法，就是直面它。可是五年之后，导演像迫不及待似的，安排市子又回来了。拖家带口，真是 happy ending。

春种，夏耕，秋收，冬藏，片子结尾有句台词说"冬天一结束就要准备下一个冬天的食材。小森的生活，就是如此周而复始"。市子依旧会拿剪刀细心剪下熟透的西红柿，穿上胶靴去采野果，做果酱。自己给稻子除草、收割、打捆。戴上手套挖红薯、拔胡萝卜、扯菠菜，还得砸核桃、劈柴，每一件事情都像以前一样认真。想必她内心，不再去问"妈妈为什么会走"、"我是不是妈妈的孩子"，也不会再思考该去哪里，小森，这个时候才真正成为她心的皈依。

　　B站弹幕一直吐槽，"这么干农活手还这么白，不科学啊"，"皮肤这么好"……我也觉得不科学。不过你看人家砸个核桃都用白布包着呢，手不沾一点泥，再热的天气也戴帽子、手套，穿工作服和靴子，保护措施做得极好。看有影评说，这就是我想过的生活。很想"呵呵"，这真只能当电影看看，馋馋你们这些没在乡下待过的天真的孩子们，真让你像市子一样，永久待在那里，不仅滋养不出肤白貌美气质佳，或许也会像她妈妈一样离家出走。

小乃海苔便当

　　昨晚洗完澡还很早，开着台灯披着大棉睡衣，半坐在被窝里看了《小乃海苔便当》这个片子的前半部分。今早开完会烤着小火炉看完后半部分。不影响节奏和情绪，像此刻外面的阳光，有暖意，是那种看着暖和但如果开了窗户还是不够暖的暖。

　　女主角小卷年轻时嫁了个"听起来很帅"的小说家，哪知是条虫子，整日游手好闲、好吃懒做。小卷下定决心甩下一张离婚协议书，带着上幼儿园的女儿小乃回到娘家，自谋生路，偶遇酷爱摄影、如今开着照相馆、依然单身的男生建夫。小卷一路跌跌撞撞找工作不顺，又无一技之长。意外在一家叫"父之屋"的店里吃到了"味噌鲭鱼"，令她感动不已，最终找到人生的方向，决定卖便当。

　　片子故事很简单，看起来不费脑子，又有点小小的励志。也不存在男女主角要飙演技之类，都太一般。一般得就像平常小巷里走出来的任何一个男人和女人，就像你我此刻正在过着的生活，要吃饭要穿衣，偶尔要争吵或者打上一架。

相比之前那些美食电影看得我食指大动喉头发颤，这部片子不论是色相还是味相，都乏善可陈。但还是有不少地方小小地打动了我。

比如开篇，先是鸡蛋敲破的声音，敲了两下。随后是打蛋器和碗壁相互碰撞的声音，再出画面，陶碗里打好的蛋液倒进锅子，筷子划拉散开。镜头移向小卷的脸。我以为应该是素颜，着睡衣拖鞋，结果是浓妆套裙，像任性的孩子偷穿了妈妈的高跟鞋，抹了口红，不协调。后来想想，这个设置挺合理的，父之屋的店主户谷大哥在答应小卷在他店里顺带卖便当的条件是：将她那双孩子的手变成大人的手。这成为第二个打动我的地方。

小卷坚强，渴望独立，但缺乏所需具备的能力。是一种孩子一样的无知无畏。她跟那位笨老公在父之屋大打出手那段，我硬是笑出了声。那哪是两个已过了而立之年的父母会做的事，抱成一团，两个人被对方揍得鼻青脸肿。可就是没有打的气氛，像两个玩伴过家家，闹了矛盾揪头发踹肚子一样，旁观者看起来充满了喜感。当然这或许跟日本影视文化相关，一直以来接触到的家庭剧里的矛盾冲突永远不会像国内剧那样有一种剜心割肉的伤痛和深仇大恨。是隔半天又可以相互点头弯腰互道晚安的。

建夫倒是个靠谱又有点帅气的务实文艺男青年，这相当难得。回忆里，建夫冲着小卷按下快门的时候，以及在公园长堤上建夫举起相机的时候，让我想起了《情书》。少年时代的那个人，不是应该只存在在幻觉里吗？怎么到了现实中还能这么优雅，不合情理。就像我三番五次见到那个长着满脸包和痘印的男生，彻底抹杀了初三那年我在窗户口看他抱着篮球，穿着白 T 恤，走进教室，头发尖上的汗珠都一起闪着光的美好形象。

在建夫搬家消失之后，小卷对着自己做的满满一桌子的便当泣不成声。多辛苦啊，可是如果这辛苦里缺少了另一个人的爱，辛苦给谁看呢？说到底，小卷的坚强还是需要有一个人来支撑的。

妈妈半夜挑起门帘子，偷偷放了便当给小卷，也蛮温暖的。我妈估计是直接骂骂咧咧让我去睡，然后她自己做完所有的事情。小乃甘之如饴的那些便当，一层蛋松，一层紫苏饭，一层炒菠菜，一层红烧萝卜和鱼肉拌饭，再一层海苔，小卷还骄傲地说"全部都是冰箱里的剩菜"；加了梅子泥的鲑鱼饭、豌豆、菠菜和油豆腐拌饭，用蛋皮和海苔做热带花朵，这些便当，真的好吃吗？